Vera Ratay

Felix und Franziska

daheim und unterwegs

Heitere Episoden

AF286090

ISBN: 9783837056273

Herstellung und Verlag:
Books on Demand GmbH, Norderstedt

2. Auflage August 2008

www.felixundfranziska.de

Für meinen Mann und meine Söhne.
Ich hab Euch lieb!

Felix und Franziska und der Knoblauch

Ein alter Freund, Koch aus Berufung und Leidenschaft, nutzte ein paar Urlaubstage, um Felix und Franziska und ihr schönes Schleswig-Holstein zu besuchen. Er klappte den Kofferraum auf und heraus kollerten Äpfel, viele, viele Äpfel, Birnen, Bananen, Paprikaschoten und schließlich jede Menge Knoblauchzwiebeln.

Koch Alex schmiss sich in einen knallgelben Jogging-Anzug, belegte Franziskas Küche mit Beschlag, („Eier habt ihr ja sicher da!"), und ruckzuck waren Paprikaschoten geputzt, Zwiebeln geschnitten und Knoblauch gehackt, und das, obwohl ihm kein Holzbrett groß genug und kein Messer scharf genug war. Auch Töpfe und Pfannen genügten in keiner Weise den Ansprüchen eines Profis, trotzdem gelang es ihm, eine Paprika-Eier-Pfanne hinzuzaubern, die selbst Franziska, obwohl sie gewöhnlich weder Eiern noch Paprika viel abgewinnen konnte, ganz vorzüglich schmeckte. Es muss am Knoblauch gelegen haben.

Im Verlauf des Abends erzählte Alex die Speisekarte seines Restaurants rauf und runter: Filetsteak mit schwarzem Pfeffer, Filetsteak mit grünem Pfeffer, Filetsteak mit und ohne Soße, Filetsteak in allen Variationen! Kurz und gut, als Felix am nächsten

Morgen erwachte, hatte er auf nichts so viel Appetit wie auf ein ordentliches Filetsteak.

Der obligate Einkaufsbummel erfolgte per Fahrrad, da des Kochs großzügig bemessenes Auto neben reichlich Obst und Gemüse noch einem sündhaft teuren Rennrad Platz gelassen hatte. Ein skeptischer Blick auf dies edle Gefährt, bei dem ein Gepäckträger überflüssiger Ballast wäre, bewog Franziska, einen Einkaufskorb vorn und einen hinten an ihr Stahlross zu klemmen. Einem weiteren Blick auf den Rennfahrer, diesmal im blauen Jogging-Dress, folgte die Bitte nach einem etwas stadtgemäßeren Outfit. Vergeblich.
„So geh ich immer einkaufen", meinte Alex.
„Dann radeln wir halt nach Kronshagen, da kennt mich keiner", ergab sich Franziska in ihr Schicksal.

Der Einkauf beim Schlachter, wo sie nach einigen Überredungskünsten des Kochs zu den Filetsteaks sogar frischen grünen Pfeffer („Den brauchen die doch für ihre Mortadella") erhielten, war ein leichtes gegen den Bummel über den Markt. Möhren, Sellerie, Porree, Kohlrabi, Zwiebeln, Tomaten, Salat, alles, was das Herz eines Profi-Kochs erfreut, gab es reichlich. Ein Kilo hiervon, ein Kilo davon, ein Kilo dies, ein Kilo das wurde auf Franziskas Rad gepackt. Mit Schrecken dachte sie an die Heimfahrt, wehrte sich gegen den Kauf weiterer Vitamine und hoffte auf Rückenwind.

Am Abend stand er wieder in der Küche, der Koch. Gut sah er aus, mit flottem Schnauzbart und blond gesträhntem Haar, groß und sportlich schlank, die berufsspezifischen Fettpölsterchen ließ er wohl nur an Bauch und Hüften seiner Gäste zu. Dem jugendlichen Touch, so stellten Felix und Franziska fest, half er mit reichlichem Konsum von Knoblauch in frischem und pillenförmigem Zustand nach. Gekonnt jonglierte Alex mit Töpfen und Pfannen, noch nie war soviel Kochgerät auf einmal benutzt und beschmutzt worden, kaum dass die bescheidene Ausstattung eines Zwei-Personen-Haushalts nun für ein „Diner à trois" genügte. Das veranlasste Alex zu der Überlegung, ob drei Filetsteaks die Haushaltskasse nicht zu sehr strapazierten. Aber flugs rechnete Franziska aus, was drei Filetsteaks in Sahnesoße mit frischem grünen Pfeffer in seinem Restaurant gekostet hätten, und die Ersparnis war enorm!

Nach einigen Tagen mit Filetsteaks, Rumpsteaks, Fischtopf italienisch, mit Schokoladenmousse und Tiramisu hatten Felix und Franziska sich sehr an ihren Koch gewöhnt und boten ihm eine Dauerstellung gegen Kost und Logis. Leider äußerte dieser Mensch noch materielle Wünsche, so dass Franziska – alles Schöne geht einmal zu Ende – nun wieder selber kochen musste.

7

Aber es änderte sich etwas, wenn sie am Herd stand. Koch Alex hatte in ihren Küchenschränken gewühlt, das unterste zu oberst gekehrt, in Kästchen und Dosen geguckt und war fündig geworden.

„Ich kenne das", meinte er, „alle Hausfrauen sind gleich. Auf dem Weihnachtsmarkt kaufen sie Gewürze und wissen dann nicht, wie sie verwendet werden."
Von allem, was er aus den hintersten Winkeln des Gewürzschranks rauskramte, streute Alex reichlich über Fleisch und Gemüse. „Kann nicht schaden", kommentierte er, und nach dem Motto „Kann nicht schaden" bekamen auch die Produkte von Franziskas Kochkunst nun eine ganz neue Note. Und es gab reichlich Obst und noch reichlicher Gemüse. Nur Schweinefleisch kam nicht mehr auf den Tisch, seit Alex drastisch geschildert hatte, wie eklig sich das Fett als Arterienverkalkung niederlässt. Franziska ging leider, leider, das Bild der vom Schweinefett verkalkten Adern nicht mehr aus dem Kopf, was zur Folge hatte, dass ihr die knusprigen Frikadellen vom Schlachter in der Holtenauer Straße, bisher konkurrenzlos ihr absolutes Leibgericht, nun nicht mehr so recht schmecken wollten.

Und Knoblauch kehrte in Felix und Franziskas Küche ein. Knoblauch mochten sie schon immer, Knoblauch wurde aber aus Angst, sich unbeliebt zu machen, nur selten, in kleinen Mengen und am Wochenende verwendet. Über derartige kleinbürgerliche Geisteshaltung setzten sie sich nun mit Leichtigkeit hinweg. Da hatte Franziska doch neulich erst, im Sonderangebot für zwei Euro neunzehn, ein ganzes Kilo dieser herrlich duftenden Knollen erworben. Und morgens und abends sorgte Felix dafür, dass die Pillen nicht vergessen wurden, die die ewige Jugend verheißen.

„Das muss der Neid ihm lassen", hatte Felix gemeint, nachdem der Kochfreund wieder an seinen heimischen Herd enteilt war, „der Alex ist ein flotter Endfünfziger!"

Der nächste Weg führte in die Apotheke, Felix kaufte Knoblauchpillen. Und zum Geburtstag wünschte er sich einen Jogginganzug.

Felix und Franziska in der Karibik

Der schleswig-holsteinische Winter hatte Kiel fest im Griff. Die heimelige Advents- und Weihnachtszeit war vorbei, Silvester war gefeiert, und nun regnete es. Der Januar zeigte sich windig, feucht, trüb und ungemütlich, keine Spur von kalten, klaren Tagen mit Schnee und Eis, die diese Jahreszeit erträglich gemacht hätten. Und noch lange kein Anzeichen von Frühling, der hier im Norden sowieso auf sich warten ließ. Da lugte Franziska unter einem tropfnassen Regenschirm hervor und blickte auf Sonne, Strand und Palmen. 15 Inseln in 14 Tagen versprach das Plakat im Schaufenster des Reisebüros, und allein schon die Aussicht auf trockene Füße lenkten Franziskas Schritte in die gemütliche Wärme. Nach einem kurzen Gespräch mit der freundlichen, solariumgebräunten Reisebürokraft und einem noch kürzeren Telefonat mit ihrem Felix waren die 15 Inseln gebucht, zu besichtigen auf einer Karibik-Kreuzfahrt. Komfortkabine mit Balkon auf dem Dampfer „Reggae Queen", Ausflüge, Essen, Trinken, alles inklusive, zum Sonderpreis! Schon in zehn Tagen sollte es losgehen! Selig taumelte Franziska zurück in den Regen, platschte im Sambaschritt durch eine Pfütze und konzentrierte sich dann auf so naheliegende Dinge wie den Einkauf einer neuen Abendrobe fürs Captain's Dinner.

Zwischen Stapeln von T-Shirts, Sommerkleidern und Badesachen, beim Aufbügeln ihrer Lieblingsbluse, erreichte sie drei Tage später der Anruf ihrer Freundin Julia. „Hast du es schon gelesen? Euer Schiff liegt an der Kette!" Für so etwas Profanes wie Zeitung lesen hatte Franziska heute noch keine Zeit gefunden, Reisevorbereitungen gehen vor. Aber nun kramte sie die Holsteiner Nachrichten heraus, tatsächlich, da fand sie es, eine kurze Mitteilung. Die Reederei Star Queen sei zahlungsunfähig, zwei ihrer Schiffe würden daher festgehalten und sollten versteigert werden, die „Reggae Queen" im Hafen von Trinidad und die „Flamenco Queen" in Barcelona. Franziska sank aufs Sofa, mitten zwischen die frisch gebügelten und ordentlich gestapelten T-Shirts, Tränen schossen ihr in die Augen. Sie atmete dreimal tief durch, griff dann energisch nach Regenmantel und Schirm und machte sich auf den Weg zum Reisebüro. Ja, man hätte sie sowieso heute noch verständigt, und ja, selbstverständlich könne sie umbuchen. Leider gab es trotz aller Bemühungen der braungebrannten Reisebüroschönheit mit dem Reklamelächeln keine adäquate Reise, und so schrumpften die 15 Inseln in 14 Tagen auf fünf Inseln in einer Woche zusammen, als Trostpflaster wurde noch ein vierzehntägiger Erholungsurlaub am Strand der Dominikanischen Republik angehängt. Wie nötig sie die Erholung haben würde, konnte Franziska noch nicht ahnen! Gemeinsam mit Felix verarbeitete sie die kleine Enttäuschung am Abend bei einer Flasche Champagner und Hummersalat, als Einstimmung auf die Freuden der Kreuzfahrt.

Am nächsten Sonntag wartete pünktlich um drei Uhr früh das bestellte Taxi vor der Haustür, und ein murrender Felix war der Ansicht, noch gar nicht geschlafen zu haben. Der murrende Felix transportierte Koffer und Taschen, vom Haus ins Taxi, vom Taxi in den Flughafenbus und vom Bus zum Flugschalter. Auf dem einstündigen Flug nach München gab es Tee, der Felix an Spülwasser erinnerte, und Kaffee, der die in Vorfreude schwelgende Franziska noch munterer machte. Bis zum Weiterflug in die Karibik war in München eine lange Wartezeit durchzustehen.

„Vier Stunden!" stöhnte Felix, suchte nach einem Sitzplatz in einer ruhigen Ecke und fand schließlich den einzigen freien Sessel weit und breit, neben einer Kinderkarre, aus der es genau in dem Moment laut losbrüllte, als er erschöpft seine Augen schloss. Bis es endlich weiterging und der Flug nach Santo Domingo aufgerufen wurde, hatte Franziska genau sechsmal den Duty-Free-Shop durchstreift, genauso viele Sorten Parfüm getestet, großzügig auf Handgelenke und Armbeugen versprüht, und nur deshalb nichts eingekauft, weil nicht mehr das kleinste bisschen Platz in ihrer vollgepackten Tasche war.

„Wie du riechst..." schnupperte Felix, als sie den Flieger bestiegen, „wie im Harem!"

„Schau mal," freute sich Franziska, „hier sind unsere Plätze, direkt am Notausgang mit ganz viel Beinfreiheit". Felix kuschelte sich in eine Ecke, die Augen fielen ihm zu. Bevor jedoch das gleichmäßige Brummen des Flugzeugs ihn in Tiefschlaf versetzen konnte, wurde das Mittagessen serviert. Ohne rechten Appetit stocherte Felix in seinem Fischfilet, während Franziska von den Miniaturpäckchen mit Salz und Pfeffer genauso entzückt war wie vom bunt verpackten Nachtisch, der sich nach kompliziertem Auswickeln als Butterkeks entpuppte. Schließlich versetzten zwei Gläser Rotwein und ein Whisky Felix in einen Zustand, in dem er sich von Franziskas leiser Stimme, die aus dem Reiseführer über Santa Lucia vorlas, einschläfern ließ und sich entspannt zurück lehnte. Aber schon im ersten Schlummer schreckte ihn stetes Türengeklapper wieder auf, und er registrierte einen eigenartig durchdringenden Geruch, der sogar Franziskas Parfümduft deutlich überlagerte. Felix sah sich um und stellte fest, dass die komfortable Sitzposition mit Beinfreiheit am Notausgang die Nähe zur Toilette nicht wettmachen konnte. Jetzt, nach dem Mittagessen, standen dort mehrere Passagiere in Wartestellung, und es roch! Ja, es roch ganz entsetzlich! Felix spürte, wie die wenigen Stücke Fischfilet in seinem Magen rumorten und war dankbar für den Whisky, den er getrunken hatte, und der Schlimmeres verhütete.

„Hier stimmt was nicht", schimpfte er und winkte eine Stewardess herbei.

Die entschuldigte sich sehr höflich und wortreich für die defekte Entlüftung der Toilette, selbstverständlich würde der Schaden sofort nach Ankunft in Santo Domingo behoben.

„Das nutzt uns nun auch nichts", grummelte Felix und bat um einen anderen Sitzplatz, möglichst weit weg von der unangenehmen Geruchsquelle. Lieber wolle er die Knie bis ans Kinn anziehen. Ausgebucht sei der Flieger, leider, beschied ihm die junge Dame im flotten Dress und versprühte reichlich von einer Essenz, die Frühlingsfrische vermitteln sollte, im Kampf gegen den Gestank aus der Toilette aber hoffnungslos unterlag. Ein Blick auf die Uhr zeigte Felix, dass von zehn Flugstunden erst wenig mehr als zwei vergangen waren. Wie sollte er das noch fast acht Stunden aushalten? Selbst Franziska hatte ihr fröhliches Lächeln verloren und bat um einen Cognac. Beide verschmähten den Nachmittagsimbiss und das Abendessen, genehmigten sich stattdessen noch einige Schlucke Hochprozentiges und versuchten vergeblich zu schlafen.

„Ein Genuss, wieder richtig durchatmen zu können," meinte Felix erleichtert bei der Ankunft und sog die warme karibische Luft tief in seine Lungen. Kurze Zeit später rann ihm der Schweiß Stirn und Nacken herunter, als er Taschen und Koffer in einen klapprigen Bus verfrachtete, der sie, wie ein großes Pappschild verhieß, zur „Cucaracha" bringen würde, ihrem Schiff. Nur drei Stunden Fahrt seien es, versicherte der rastagelockte Busfahrer, und gab sich dann offensichtlich alle Mühe, die Strecke in zwei Stunden zu schaffen.

„Der hält sich wohl für Schumi und seinen Bus für einen Formel-1 Rennwagen", stöhnte Felix, als der Rastalockige mit quietschenden Reifen um die Ecke schoss und durch eine schmale Gasse bretterte. Franziska wäre vom Sitz gerutscht, hätte Felix sie nicht noch so eben festhalten können. Minuten später wurde die wilde Raserei jäh gestoppt, ein umgestürzter Bus lag quer zur Straße, und nach einem kurzen Blick nach draußen versteckte Franziska ihr Gesicht an Felix breiter Brust und hielt sich die Ohren zu, um nicht die Verletzen sehen und deren Schreie hören zu müssen.

„Polizei kommt schon", versicherte der Fahrer, während er sein Gefährt durch einen flachen Graben voller Müll an der Unglücksstelle vorbei lenkte. Es ging weiter in Schumi-Manier, staubige Palmen flogen vorbei und ärmliche Dörfer, in denen halbnackte Kinder im Dreck spielten.

„Die richtige Karibik kommt erst noch", tröstete Franziska sich und ihren Felix, „zum Abendessen sind wir auf unserem Schiff und morgen auf Santa Lucia."

Es war sieben Uhr abends, als Felix und Franziska aus dem Bus stiegen, staubig und verschwitzt, hungrig, durstig und müde, aber froh, mit dem Leben davongekommen zu sein. Der Anblick der „Cucaracha" zauberte ein Lächeln auf Franziskas blasses Gesicht.

„Felix, sieh mal!" Beide legten den Kopf in den Nacken, bewundernd glitten ihre Blicke über das stolze weiße Schiff, golden überhaucht von der Abendsonne vor türkisfarbenem Himmel und tiefblauem Meer. An kleinen runden Tischen auf der Pier bewirteten zwei Stewards die ankommenden Kreuzfahrer mit Champagner, ein Fotograf schoss eifrig Bilder, das Gepäck wurde in Empfang genommen und die Gäste von rot und gelb uniformierten Karibikschönheiten aufs Schiff geleitet.

„Your Voucher please!" Vor Champagner und Foto Shooting hatte der Kapitän oder wer auch immer die Bürokratie gesetzt. Felix befreite sich von Koffer und Taschen, fand den Gutschein des Reisebüros nicht, meinte, dass Franziska ihn haben müsse, und die entdeckte ihn schließlich als Lesezeichen im Reiseführer. Ein Schiffsoffizier in strahlendem Weiß mit ebensolchen Zähnen verglich den Voucher mit einer Liste, blätterte, suchte, ein brauner Finger wanderte die Zeilen rauf und runter. Die weißen Zähne verschwanden hinter wohlgeformten Lippen, das Lächeln erstarb.

„You are not on our list." Er erklärte ihnen, dass sie nicht auf der Passagierliste stünden! Unmöglich! Franziska drängelte sich an die Seite des Weißuniformierten und guckte selbst die Liste durch. Kein Felix und keine Franziska! Die beiden sahen sich ratlos an, sahen den Offizier an und sahen zu, wie die übrigen Passagiere abgefertigt wurden und - Champagner – Prost – Foto – Klick - im Schiff verschwanden.

„Jetzt sind alle weg. Da muss ja noch ein Name auf der Liste übrig sein, es ist sicher nur eine Verwechslung", hoffte Franziska. Sie hoffte vergeblich. Die Kreuzfahrer waren auf dem Schiff, die Passagierliste abgehakt, Franziska durfte es unter den gnädigen Blicken der herumstehenden Besatzung kontrollieren. Aber sie hatten doch den Voucher, sie hatten gebucht, sie hatten bezahlt, sie waren seit genau – Felix rechnete schnell nach – 25 Stunden unterwegs, um mit diesem Schiff zu fahren! Man würde sich mit Deutschland in Verbindung setzen, wurde ihnen beschieden, so lange müssten sie warten. Felix sank auf einen Koffer, Franziska blickte den Resten des Champagners hinterher, die gerade abgeräumt wurden. Sie hatte Durst. Inzwischen war es dunkel geworden, aber immer noch wehte ein warmer Wind. Sie bat um etwas zu trinken für sich und Felix.

„Wenigstens ein Glas Wasser, bitte." Aber „No drink," die Besatzung blieb hart. Felix schaute sich um. Einfache, teils baufällige Häuser scharten sich um die Pier, kleine Werkstätten, Schuppen, eine Bar, die geschlossen hatte. Ein alter runzeliger Kreole mit grauen Locken kam aus einem der Schuppen und brachte zwei Plastikhocker für Felix und Franziska. Ihn um Wasser zu bitten, trauten sich die beiden nicht, wer weiß, wo er es herholen würde, und sie wollten doch wenigstens gesund bleiben. Während ihre Mitreisenden das erste Dinner an Bord genossen, hockten Felix und Franziska draußen, durstig, hungrig, staubig und müde.

„Weißt du, was Cucaracha heißt?" knurrte Felix.

„Küchenschabe!" konterte Franziska.

Schließlich erschien wieder der weißuniformierte Offizier, zeigte lächelnd die schönen Zähne und überreichte ihnen einen Zettel mit Kabinen- und Decknummer. Der Anruf in Deutschland war also erfolgreich gewesen, Franziska kollerten Felsbrocken vom Herzen. Aber nur so lange, bis sie die Nummern mit ihrer Reisebestätigung und dem angehefteten Kabinenplan verglichen hatte. Sie sollten ganz unten, tief im Bauch des Schiffes wohnen, gleich über der Schiffsschraube. Nie und nimmer! Sie hatten eine Außenkabine mit Balkon gebucht und bezahlt, auf dem obersten Deck, mit kurzen Wegen zum Pool und zum Fitnessraum. Franziska wollte schließlich nicht mit zusätzlichen Pfunden auf den Hüften heimkommen. Und nun auf einer Höhe mit dem Maschinenraum? Nie!

„Wir fahren nach Hause," entschied Felix.
„Wir suchen uns jetzt ein Hotel für die Nacht und fliegen morgen heim!"
Aber „No hotel, no fly" tönte es zurück, und dann erschien plötzlich ein rettender Engel in Form einer deutschen Reiseleiterin. Sie sei bis jetzt leider mit der Begrüßung und Einweisung der übrigen Gäste beschäftigt gewesen, erklärte die junge Dame, würde aber nun alles regeln. Eine heftiger Disput auf Spanisch entspann sich zwischen ihr und dem Offizier, für dessen Verständnis Franziskas Sprachkenntnisse leider nicht ausreichten. Felix fuhr energisch dazwischen mit seinem Wunsch nach Hotel und Rückflug.
„Es gibt in der ganzen Karibik kein freies Hotelzimmer", erläuterte die Reiseleiterin, „wir sind hoffnungs-

los überfüllt. Und zurück nach Deutschland können Sie erst in drei Wochen fliegen, zu dem von Ihnen gebuchten Termin. Etwas anderes ist unmöglich. Wenn Sie jetzt nicht mit auf unser Schiff kommen, müssen Sie eine Woche an der Pier warten, bis wir wieder hier sind, dann können Sie in Ihr Hotel."

Felix war hochrot im Gesicht vor Wut, Franziska leichenblass. Wieder wurde in schnellem Spanisch diskutiert, Listen wurden durchgesehen, bis schließlich die junge Reiseleiterin mehrere Eide darauf schwor, dass Felix und Franziska morgen ganz bestimmt in ihre gebuchte Kabine umziehen könnten, wenn sie nur jetzt und nur für eine Nacht die Unbequemlichkeit mit der Innenkabine auf sich nehmen würden. Bitte!

Was blieb den beiden anderes übrig als zuzustimmen? Sie hockten jetzt seit fünf Stunden auf der Pier, es war Mitternacht und das Schiff sollte gleich ablegen. Sie ergaben sich in ihr Schicksal, Felix griff nach Koffern und Taschen und Franziska scheuchte den Fotografen davon. Ein Bild von sich brauchte sie in dieser Nacht ganz bestimmt nicht mehr.

Als Felix erwachte war es still, viel zu still. Er erinnerte sich an das Geklapper und Gedröhn in der Nacht, Franziska zuliebe hatte er fast eine halbe Stunde am Kühlschrank hantiert, bis er es endlich geschafft hatte, das rappelnde Monstrum auszuschalten. Und dann war gar nicht der Kühlschrank, sondern die Schiffsschraube für den Lärm verantwortlich gewesen. Franziska hatte inzwischen das Bad gesucht und gefunden, am Ende des Ganges.

„Wie auf einem indischen Schiff", hatte Felix müde einen Witz versucht.

Schließlich waren beide vor Erschöpfung in einen tiefen Schlaf gesunken. Und nun war alles ruhig. Wie lange schon? Ein Blick auf seine Uhr zeigte Felix, dass es fast Mittagszeit war. Als er mit Franziska nach vielen Treppenstufen und zweimal Verlaufen an Deck erschien, lag im strahlenden Sonnenschein grün leuchtend Santa Lucia vor ihnen. Das Frühstück hatten sie zwar verschlafen, schafften es nun aber gerade noch, zwei Plätze in einem der wartenden Ausflugsbusse zu ergattern. Quer über die Insel führte die Route mit einem Möchtegern-Rennfahrer am Steuer.

„Hier hält sich wohl jeder Busfahrer für Schumi", meinte Felix und gab sich Mühe, seine Franziska vor den heftigsten Stößen zu bewahren, wenn es im Slalom um tiefe Schlaglöcher ging. Der Traumstrand, an dem sie endlich abgesetzt wurden, entschädigte sie für vieles. Palmen wiegten sich im lauen Wind, in allen Blautönen schillerte das Meer und Franziska steckte ihre Füße in den feinen, weißen Sand. Ein Seeräuber-Barbecue sollte es geben, riesige Büffets waren aufgebaut, um die sich immer mehr Kreuzfahrer drängelten.

„Weißt du, wie lange ich nichts gegessen habe?" sinnierte Felix, „und hier stehen 1200 Passagiere für ein Steak an."

Franziska hatte Mitleid, dirigierte Felix zu einem der hübsch gedeckten Tische unter Schatten spendenden Sonnenschirmen und gesellte sich zu der bunten wartenden Menge. Als sie zwei Stunden später mit Tellern voll Steak und Salat wieder bei Felix auftauchte, fand sie ihn in seinem Liegestuhl selig schlummernd, eine halb geleerte Flasche Rotwein neben sich.

Der nächste Tag, die nächste Insel. Die „Cucaracha" lief in die Bucht von St. George′s ein, „eines der hübschesten Hafenstädtchen der Karibik", las Franziska aus ihrem Reiseführer vor. Dann startete sie zum Einkaufsbummel. Grenada ist schließlich eine Gewürzinsel, und nicht nur die berühmten Muskatnüsse gibt es hier.

„Du wirst für den Rest unseres Lebens keine Muskatnuss und kein Lorbeerblatt mehr kaufen müssen", konstatierte Felix, als er die vollen Tüten zurück zum Schiff trug. Dort hatten sie am frühen Morgen in ihre neue Kabine umziehen können. Leider lag die weder in Pool- noch in Fitnessraum-Nähe, und einen Balkon hatte sie auch nicht. Dafür aber wenigstens ein Bad und ein Bullauge knapp über der Wasserlinie. Das Bad imponierte Felix.

„Wenn du es eilig hast", sagte er zu Franziska „kannst du, während du auf der Toilette sitzt, gleichzeitig deine Zähne putzen und duschen." So platzsparend waren Duschkopf, Toilette und ein winziges Waschbecken angeordnet. Diesmal hatte Franziska bei der spanisch geführten Unterhaltung der Besatzung genau aufgepasst und erfahren, dass einer der Künstler, die für die Unterhaltung an Bord zuständig waren, die Kabine für sie und Felix räumen musste. Der Sänger teilte sich nun eine Kabine mit dem ihn begleitenden Saxofonisten. Alle Proteste von Felix und Franziska hatten nichts genutzt, eine bessere Kategorie gab es nicht für sie, und dass sie später, in Deutschland, Regressforderungen an den Reiseveranstalter stellen könnten, war im Moment kein rechter Trost.

Die Tage und die Inseln ähnelten sich. Sonne, Palmen, Strand, Reggae-Musik, strapaziöse Bustouren in halsbrecherischem Tempo über staubige Straßen, dann wieder duschen, umziehen, das Dinner und die abendliche Show an Bord genießen. Franziska kaufte Rum auf Barbados, CDs mit Calypso Rhythmen auf Trinidad, und auf Martinique erstand sie eine Essenz zur Stärkung der Manneskraft.

„Sie selbst können auch davon trinken", meine die alte Markfrau, die nur noch einen einzelnen Zahn im Mund hatte, grinsend zu ihr. „Aber Sie haben mehr davon, wenn Ihr Mann es trinkt."

Zum ersten Mal war Franziska froh, dass Felix kein Französisch verstand. Dank der vielen Einkäufe wurde der Raum in ihrer engen Kabine immer begrenzter, und alles war durchdrungen vom Duft der Gewürze von Grenada. Schließlich waren beide erleichtert über die auf eine Woche verkürzte Seereise.

„Noch einen Ausflug mit dem Bus hätte ich nicht durchgestanden", stöhnte Felix, als er am Morgen vor der Ausschiffung einen Bluterguss auf seinem Oberschenkel begutachtete. Bei einem riskanten Überholmanöver des Busfahrers am Tag zuvor hatte er Franziska vor einem Sturz bewahren können, war selbst aber unsanft gegen die Kante des gegenüberliegenden Sitzes geprallt.

„Wir werden uns jetzt zwei Wochen lang am Strand erholen und gar nichts tun", beschloss er.

Aber da kannte er seine Franziska schlecht. Kaum waren die beiden, nach der wirklich allerletzten Busfahrt, in ihrem Hotel in Punta Cana angekommen, schmiedete Franziska Pläne. Schön und gut, Bustouren waren vom Programm gestrichen, aber es gab doch Ausflugsschiffe! Felix protestierte, Franziska resignierte. Zunächst galt es, ein Zimmer von riesigen Ausmaßen zu beziehen. Aber vielleicht kamen ihnen die Dimensionen des Hotelzimmers nur im Vergleich mit der engen Schiffskabine so gewaltig vor. Franziska freute sich über genügend Platz für Taschen, Koffer, Tüten und Pakete, Felix freute sich über den unverändert durchdringenden Gewürzduft der Grenada-Muskatnüsse, denn er hatte festgestellt, dass ihr Zimmer genau über einem Gully lag, dessen Ausdünstung vor den Ritzen in den undichten Fenstern nicht Halt machte. Nach dem Abendessen, bei dem er erst nach einem sauberen Teller suchen musste, ohne festgetrocknete Eireste und klebrige Soßenflecke, war ihm klar, dass das, was Franziska zu Hause in Deutschland als 5-Sterne-Hotel verkauft worden war, höchstens zwei Sterne verdiente. Das Büffet war überreich mit Früchten garniert, auch Gemüse und Salat gab es in großen Mengen, dazu verschiedene Sorten Fisch. Franziska war zufrieden, sie mochte ohnehin nicht so gern Fleisch essen. Aber Felix, einem ordentlichen Steak durchaus nicht abgeneigt, fand nur 50-Gramm Portionen Geflügel, trocken und zäh, und Schweinekoteletts, die ihn an Schuhsohlen erinnerten. Als er nach dem Abendessen einen Whisky bestellte, der nicht im All-Inclusive-Paket enthalten war, und der ihm nicht schmeckte, musste er für die minderwertige Qualität auch noch teuer bezahlen.

„Ich habe genug davon, im Liegestuhl zu faulenzen und ab und zu schwimmen zu gehen", meinte Franziska drei Tage später, drapierte einen buntgemusterten Pareo über ihren Badeanzug und erstand in der zum Hotelkomplex gehörenden Ladenzeile Tauchermaske und Schnorchel. Von nun an hätte Felix ihr am liebsten ein Gummiband um den Bauch gebunden, so weit schwamm sie hinaus um die schönsten Korallen und die farbenprächtigsten Fische zu entdecken. Felix war zufrieden damit, die Fische im hüfttiefen Wasser in Strandnähe zu beobachten, er lockte sie mit Resten von den viel zu harten Frühstücksbrötchen und versuchte, durch die spiegelglatte Wasserfläche hindurch brauchbare Fotos zu schießen. Leider gar nicht mehr spiegelglatt war das Wasser, als Felix und Franziska zur Piraten-Safari aufbrachen. Eine blutjunge Kreolin lenkte das offene Boot, in dem zwölf Hotelgäste mehr schlecht als recht Platz fanden, zu einem unbewohnten Inselchen. Der Wind hatte ordentlich aufgefrischt, es war nicht mehr so heiß wie an den vergangenen Tagen, und der kleine Flitzer hüpfte über die Wellen. Felix sah seinen Sonnenhut davonfliegen, klatschte vorsichtshalber eine Extra-Portion Sonnenmilch auf seine hohe Stirn mit der zurückweichenden Haarpracht und wäre beim Hantieren mit der Cremetube beinahe über Bord gegangen. Lange Minuten und viele Wellenberge und Wellentäler später bemerkte er, wie sein Magen sich im Takt mit den Wogen hob und senkte. Felix war seekrank! Dies war schließlich kein großes, ruhiges Kreuzfahrtschiff, dies war eine Nussschale, die auf den Wellen tanzte. Kurz bevor sein Magen endgültig abhob, erreichte das Boot die winzige Felseninsel, an deren Klippen sich der Atlantik austobte. Die hübsche Kreolin steuerte in eine Bucht, malerisch im Schutz eines Korallenriffs gelegen. Der Anker wurde ausgeworfen, die Fahrgäste sprangen ins Wasser und schwammen an Land. Im Schatten einer Palme ließ Felix sich ermattet auf den weichen Sand sinken, Franziska griff zu Tauchermaske und Schnorchel. Die Kreolenschönheit warnte auf Französisch, Englisch und Spanisch vor der tückischen Strömung an dem Riff und begann, ein Picknick vorzubereiten. Eben hatte Felix noch geglaubt, nie wieder etwas essen zu können. Aber nun genas er binnen kürzester Zeit und griff genau wie die übrigen Urlauber zu Bananen, Brot und Bier. Doch wo war Franziska? Felix stand am Strand, blickte über die Lagune und versuchte, einen hellen Schopf oder doch wenigstens einen Schnorchel zu entdecken. Vergeblich. Die anderen gesellten sich zu ihm, man schwärmte nach rechts und links aus, Rufe schallten über die Bucht und vermischten sich mit dem Tosen der Brandung am Riff. Die junge Kreolin machte ihr Boot gerade startklar für die Suche nach Franziska, da sah Felix einen Kopf auftauchen und einen Arm winken. Als Franziska aus dem Wasser stieg, schwenkte sie triumphierend eine riesige rosafarbene Muschel. Aber wie sah sie aus! Die Haut an Armen und Oberschenkeln war zerschrammt und voller roter Striemen, ihr Badeanzug hatte einen Riss.

„Ich habe gar nicht bemerkt, wie die Strömung mich hinaus in das offene Meer gezogen hat," erklärte sie, „und dann kam ich nicht mehr gegen den Sog an. Es gab keinen Weg zurück, bis ich an einer flachen Stelle mit der Brandung über das Riff geschwommen bin. Aber ist diese Muschel nicht wunderschön?"

Sie strahlte Felix an.

„Und einen neuen Badeanzug wollte ich mir sowieso kaufen."

Felix konnte ihr nicht böse sein, verordnete ihr aber zwei Tage Abstinenz vom Meer, bis die ärgsten Kratzer abgeheilt waren.

Franziska nutzte die Zeit, um einen Stapel Ansichtskarten von Strand, Palmen und farbenprächtigen Sonnenuntergängen an ihre Lieben daheim zu schreiben. Eine Überraschung erlebte sie beim Kauf der Briefmarken. Sie möge doch die Karten mit nach Deutschland nehmen und erst dort abschicken. Aufgeklebte Briefmarken würden in der Regel von den armen einheimischen Postangestellten wieder abgelöst und verkauft werden, so dass Karten und Briefe das Ausland nicht erreichten. Franziska war entsetzt. Als sie dann im Gespräch mit anderen Urlaubern erfuhr, dass ein Landsmann aus Kiel, aus ihrer Heimatstadt, im Nationalpark Cabo Cabron Opfer eines Raubmords geworden war, dankte sie Felix im Nachhinein für das von ihm verhängte Ausflugsverbot und sah dem näher rückenden Ende ihres Urlaubs gar nicht mehr so traurig entgegen. Der letzte Tag fiel auf Felix Geburtstag. 66 Jahre!

„Schau mal", rief Franziska entzückt, als sie eine riesige Geburtstagstorte auf ihrem Frühstückstisch erspähte, „eine tolle Geste der Hotelleitung!"

Dass diese Geste der Hotelleitung ihn teuer zu stehen kam, erfuhr Felix beim Auschecken. Aber da hatten sie das viel zu süße Zuckerwerk schon an die einheimischen Angestellten verteilt, und die waren wirklich dankbar dafür gewesen.

Der Rückflug in die Heimat wurde verkürzt durch einen „Jet-Stream".

„Wir sind fast zwei Stunden früher als geplant in München", freute sich Franziska und nutzte den dadurch verlängerten Zwischenaufenthalt zum ausgiebigen Einkauf. Platz genug hatte sie jetzt, der Kauf einer zusätzlichen Reisetasche für die vielen Souvenirs war unumgänglich gewesen. Felix hatte in seiner bescheidenen Art nur fünf kleine Marmeladengläschen beigesteuert, sauber ausgewaschen, befüllt und beschriftet: fünf Sorten Sand von fünf Inseln. Zurück in Kiel stürzte Franziska ans Telefon, um ihrer Freundin Julia einen ersten Kurzbericht der drei Wochen voller Katastrophen, Missgeschicke und Abenteuer zu geben.

„Und das Tollste ist", endete sie atemlos, „ich habe zwei Kilo abgenommen!"

Felix und Franziska nehmen einen Hund in Pflege

Der Frühling mit seinen goldgelben Narzissen und leuchtend bunten Tulpen ließ wieder einmal auf sich warten in Kiel. Nur einige wenige Krokusse steckten ihre Köpfe aus dem nassen Boden und setzten Farbtupfer auf die Wiesen in den Parks und Anlagen, als Karl und Karin beschlossen, in diesem Jahr die Ostertage nicht in einem dänischen Ferienhaus an der kalten Nordsee sondern an der Blumenriviera im sonnigen Süden zu verbringen. Aber wohin mit Kuno? Kuno war ein alter Herr mit grauer Schnauze, viel Labrador und ein wenig Schäferhund. An der dänischen Küste hatte Kuno sich immer sehr wohl gefühlt, in jungen Jahren war er über den endlosen Strand getollt, nun, als gesetzter Herr, bevorzugte er gemächlichere Spaziergänge. Aber spazieren gehen in Nizza oder Cannes? Karl und Karin bezweifelten, dass es dort den passenden Auslauf für Kuno gäbe. Und die lange Fahrt wäre wohl auch nicht so ganz nach seinem Geschmack. Also wurde eine Umfrage im Freundes- und Bekanntenkreis gestartet, mit dem Ergebnis, dass Felix und Franziska sich bereit erklärten, den Hund für eine Woche in Pflege zu nehmen. Franziska freute sich auf Spaziergänge entlang der Förde, das schlechte Wetter wäre diesmal keine Ausrede für Felix, um daheim zu bleiben.

So zog denn Kuno bei Felix und Franziska ein, mit Leine, Fressnapf und Schmusedecke.

Wehmütig schaute er die beiden an, als sie zum obligatorischen Großeinkauf vor den Ostertagen aufbrechen wollten.

„Ich bringe es nicht übers Herz, ihn zu Hause zu lassen", meinte Franziska. „Schau mal Felix, wie er uns anguckt. Wir nehmen ihn mit!"

Mit einem freudigen „Wuff" kletterte Kuno auf den Rücksitz vom Auto, Felix musste ein bisschen schieben, aber dann war von der Schnauze bis zum Schwanz alles verstaut. Vor dem Einkaufszentrum angekommen, wollte Kuno nicht allein im Auto bleiben. Er protestierte mit dumpfem Gebell, bis Franziska ihn an die Leine nahm und ihm half, vom Sitz zu springen. Felix wollte als erstes neue Lautsprecher für seine Stereoanlage besorgen und steuerte den Medien-Markt an.

„Hier dürfen Hunde nicht rein", bedauerte Franziska, „und ich wollte mir doch eine CD von den Flippers kaufen."

„Weißt du was", sagte sie zu Kuno, „wir binden dich mit deiner Leine hier am Fahrradständer fest und sind ganz schnell wieder zurück."

Zufrieden streckte Kuno sich lang, seufzte tief und bettete den Kopf zwischen die Vorderpfoten. Bei den Lautsprechern hatte Felix dann die Qual der Wahl, und auch Franziska benötigte längere Zeit, bis sie sich für eine der vielen CDs von den Flippers entschieden hatte. Oder sollte sie doch lieber Heino nehmen? Oder die neuesten Lieder von Andrea Berg? Schließlich trafen sie sich mit ihren Einkäufen an der Kasse, Felix hatte unter jeden Arm einen kugelförmigen Lautsprecher geklemmt und Franziska packte drei CDs - von den Flippers, von Heino und von Andrea Berg - auf das Laufband. Als sie den Markt verließen, sahen sie Kuno noch genauso brav daliegen wie vor einer Stunde, den Kopf zwischen den Pfoten.

„Komm Kuno, wir gehen zum Auto, du hast genug geschlafen." Franziska nahm die Leine, aber Kuno rührte sich nicht.

„Felix!" Ein entsetzter Aufschrei. Und noch einmal: „Feeelix!"

Der wollte gerade den Autoschlüssel in das Schloss der Hecktür stecken und hätte vor Schreck beinahe seine Lautsprecher fallen gelassen. Nun verstaute er rasch die beiden Pakete und eilte zu Franziska und Kuno zurück.

„Felix, schau mal!" Felix schaute und stellte fest, dass Kuno sich in den Hundehimmel verabschiedet hatte, er war mausetot.

„Es könnte ein Herzinfarkt gewesen sein", mutmaßte er.

„Was machen wir jetzt?" wollte Franziska wissen und Tränen glitzerten in ihren blauen Augen.

„Was werden Karl und Karin sagen?" Sie schniefte verdächtig und Felix nahm sie tröstend in die Arme.

„Am besten gehe ich noch einmal in den Medien-Markt", meinte er, „und besorge einen großen Karton, in dem wir Kuno nach Hause transportieren können. Dann sehen wir weiter."

Franziska hielt Wache bei Kuno, bis Felix mit einem riesigen Pappkarton erschien, dessen Aufdruck in großen Buchstaben besagte, dass eigentlich ein Groß-bild-Fernseher hinein gehörte. Kuno wurde sorgfältig eingepackt, Felix klappte die Rücksitze vom Auto um und wuchtete ihn in den Kofferraum.

„Unsere Ostereinkäufe", erinnerte sich Franziska, „müssen noch erledigt werden. Schließlich ist morgen Karfreitag und unser Kühlschrank wartet auf Nach-schub."

Arm in Arm mit Felix ging sie auf den Lebensmittel-Discounter zu. In ihrem Einkaufswagen lagen nur die nötigsten Waren, als die beiden nach rekordverdächtig kurzer Einkaufszeit zu ihrem Auto zurückkehrten, sogar der Appetit auf ihre geliebten Schokoladenplätz-chen mit Eierliköraroma war Franziska vergangen. Felix griff nach Schlüssel und Hecktür – was war das? Widerstandslos schwang die Tür auf und Felix blickte auf die Ladefläche. Das Schloss war aufgebrochen worden, und Kuno war verschwunden! Verwundert schüttelte Felix den Kopf. Wer klaut denn einen toten Hund und lässt zwei hochwertige Lautsprecher liegen? Er drehte sich zu Franziska um, deren Gesichtszüge zwischen Weinen und Lachen schwankten, bis sie schließlich prustend herausbrachte:

„Stell dir vor Felix, irgendwo in Kiel will jetzt irgend jemand einen Großbild-Fernseher aus dem Karton packen!"

Felix und Franziska und die skandinavische Vitrine

Ein neues skandinavisches Möbelhaus hatte in Kiel eröffnet. Franziska studierte den Prospekt, der Möbel in allerbester Qualität zu günstigsten Einführungspreisen versprach, als ihr Blick an einem Eckschrank hängen blieb, dessen Tür und Seitenwände verglast waren. Ideal für die Diele!

„Felix, schau doch mal, diese Vitrine würde phantastisch in die Ecke zwischen Küchen- und Kellertüre passen."

Felix sah über ihre Schulter. „Du meinst den Schrank mit dem eigenartigen Namen ‚Ekeling'? Klingt nicht sehr appetitlich."

„Ich möchte den Schrank nicht aufessen, ich möchte einen Teil meiner Bücher hinein stellen. Da spielt es keine Rolle, wie der Schrank heißt. Komm Felix, lass uns gleich losfahren und den Schrank kaufen, es gibt nur jetzt zur Eröffnung die günstigen Sonderpreise."

Ein heftiges Aprilgewitter tobte über Kiel, als sich Felix und Franziska in die Schlange der Autofahrer einreihten, die vor dem nagelneuen Möbelhaus im nagelneuen Gewerbegebiet auf freie Parkplätze warteten. Felix fand einen Platz weit weg vom Eingang, es regnete in Strömen. Franziska fragte sich, warum der Schirm immer dann nicht im Auto ist, wenn man ihn braucht, schlug ihren Mantelkragen hoch, zog den

Kopf ein und sprintete los. Felix folgte ihr etwas gemächlicher und wurde klatschnass.

Drinnen wurden sie von nordischen Schönheiten im Trachtenkostüm empfangen, die mit freundlichem Lächeln Dosen mit „Luxusøl" an alle Besucher verteilten.

„Was um alles in der Welt ist Luxusöl?" raunte Felix seiner Franziska zu.

„Wir sollten unseren Urlaub nicht immer im Süden verbringen. Dann wüsstest du, dass Luxusøl die skandinavische Bezeichnung für starkes Bier ist."

„Ein Glühwein wäre mir im Augenblick lieber." Felix fröstelte in seiner feuchten Jacke.

Im Gedränge schob sich Franziska an knallroten Sesselchen mit dem klangvollen Namen Pöeng vorbei und staunte über den dazu passenden Tisch namens Kvader, sie umrundete Betten, die Natte, Senge oder Trauma hießen und erreichte nach einem Zickzackkurs durch die Küchen- und Bademöbelabteilung schließlich das Sortiment der Einzelschränke.

„Ich möchte wissen, wer all diese Möbel getauft hat", sinnierte Felix, der ihr in der Menschenmenge nur mit Mühe hatte folgen können, und nun vor einem Multifunktionsteil mit dem schönen Namen Singsing gestrandet war.

„Hier stand wohl eine Gefängniszelle Pate", mutmaßte er, als er das aus Hochbett, Schrank, Tisch und Bank bestehende Vielzweckmöbel betrachtete.

„Dahinten steht mein Eckschrank", freute sich Franziska und zog ihn am Ärmel weiter zu einer Vitrine, die, wie Felix fand, nur eine entfernte Ähnlichkeit mit dem Prachtstück aus dem Hochglanzprospekt aufwies.

„Warte, bis meine Bücher drin stehen. Oben drauf kommt ein Strauß Trockenblumen, und, schau mal, sogar eine Beleuchtung ist eingebaut, wir können meine Bücher anstrahlen!"

Franziska ihrerseits strahlte Felix an und schaffte es, in wenigen Minuten zu einem der Verkäufer vorzudringen und die Auskunft zu erhalten, es gäbe den Schrank verpackt und abholbereit im Lager. Bis dahin war noch ein Hindernisparcours über Teppichrollen hinweg, zwischen Gardinen hindurch und an Matratzenbergen vorbei zurück zu legen. Im Lager fragte Franziska mit ihrem charmantesten Lächeln nach dem Schrank „Ekeling" und bekam tatsächlich binnen kürzester Zeit ein riesiges flaches Paket vor die Füße gelegt.

„Da drin soll ein Schrank sein?" wunderte sie sich und wurde belehrt, dass zu Hause nur einige Teile zusammengefügt werden müssten und schon - „en, to, tre" - stehe die Vitrine fix und fertig vor ihr.

Felix und Franziska schleppten ihr Paket an der Kasse vorbei und durch den Regen - „Jetzt wird der Ekeling noch eklig nass", kommentierte Felix – zu ihrem Auto, wo Felix mit viel Mühe und Spanngummis – en, to, tre - das Ganze im Kofferraum verstaute.

„Beinahe hätte ich die Aufbauanleitung entsorgt", sagte Felix und fischte ein kleines Faltblatt aus dem Berg aufgeweichter Pappe, der sich mitten in der Diele türmte. Er begann vorzulesen:

„3 Glas, 3 Rahmen, 1 Dach, 5 Boden, 5 Fuss, ...", sein Blick wanderte über den Zettel, „58 Nägel und 32 Schrauben und das ist noch längst nicht alles", fuhr er fort.

Ratlos schaute er Franziska an.

„Hier sind eine Menge Zeichnungen. Ich bin doch kein Ingenieur. Wie soll das jemals ein Schrank werden?"

Er sah zwischen Franziska und den im ganzen Raum verstreuten Brettern und Leisten hin und her. An einigen waren Plastikbeutel mit Schrauben, Nägeln oder Scharnieren angeheftet.

„Wir müssen systematisch vorgehen. Das kann doch nicht so schwer sein." Franziska gab sich mutig und begann, die Holzteile zu sortieren. „Dies ist der Boden, hier sind die Füße, das da sind die Seitenteile und die langen Bretter müssen für die Rückwand zusammen-gesteckt werden."

„Machen Sie die Verband mit die Nagel", las Felix vor und bedauerte, in seiner Jugend nicht die Orthopädie als Berufsziel gewählt zu haben.

„Der Verkäufer hat doch gesagt, es müssten nur einige Teile zusammengefügt werden", schniefte Franziska mit Tränen in den Augen, als sie einige Stunden und unzählige Schraub- und Nagelversuche später vor einem windschiefen Etwas hockte, das eine Vitrine werden wollte.

„Ich habe große Lust, den ganzen Kram zu Kleinholz zu machen und im Kamin zu verheizen. 129 Euro haben wir für den Schrank bezahlt, und wahrscheinlich dauert es noch 129 Stunden, bis wir ihn aus 129 Einzelteilen ‚zusammengefügt' haben!" Felix ärgerte sich mächtig und widerstand mit Mühe der Versuchung, die Bretter einzeln zur Tür hinaus in den Vorgarten zu werfen.

„Wir könnten Peter anrufen. Peter ist ein prima Heimwerker, der hilft uns sicher gerne", hoffte Franziska auf einen Ausweg aus ihrer misslichen Lage.

Bewaffnet mit Akkuschrauber und Bohrmaschine, ein Grinsen im Gesicht, stand Peter wenig später vor der Tür.

„Es geht doch nichts über gute Freunde", begrüßte er Felix und Franziska, und nach einem Blick über das Chaos in der Diele und einem zweiten auf den zerknüllten Zettel mit der Aufbauanleitung trat der Akkuschrauber in Aktion. Felix durfte Bretter und Leisten anreichen, Franziska durfte festhalten, wie durch Zauberhand richtete der Schrank sich auf, stellte sich auf seine Füße und bekam eine Krone aufgesetzt.

„Prost, auf den schiefen Turm von Kiel, der - en, to, tre - doch noch ein Schrank geworden ist!" Felix entkorkte eine Flasche Chianti, goss den Wein in drei Gläser und freute sich über die strahlenden himmelblauen Augen seiner Franziska und über Peters selbstzufriedene Miene. Vollgepackt mit Büchern stand die Vitrine in der Dielenecke und sah wirklich gut aus. Nur beleuchtet wurden die Bücher nicht. Auf den Einbau der Beleuchtung hatte Peter verzichtet, es lag keine Steckdose in erreichbarer Nähe.

„Ihr wollt doch nicht über Kabel stolpern, wenn einer von euch heimlich nachts in die Küche und zum Kühlschrank schleicht!"

In die Küche schlich Felix nicht in der Nacht, aber nachdem lautes Gepolter ihn und seine Franziska geweckt hatte, tappte er leise die Treppe zur Diele hinunter, vermutete Einbrecher, traute sich nicht, Licht zu machen und fiel weich in einen Haufen von immer noch feuchter Pappe und Styropor. Er hielt den Atem an, alles blieb still, nur sein Herz klopfte laut. Vorsichtig rappelte er sich hoch, fasste Mut und schaltete die Dielenbeleuchtung ein.

„Franziska, komm und sieh dir das an!"
Franziska hatte schon oben an der Treppe gestanden, nun huschte sie barfuss die Stufen hinunter und sah die Bescherung: Ihre Bücher lagen im wirren Durcheinan-

der mit den Regalbrettern ganz unten im neuen Schrank.

„Qualität kommt von Qual", kalauerte Peter, als er am nächsten Tag den Schaden reparierte.
„Für Bücher jedenfalls ist diese Vitrine nicht stabil genug. Ihr habt Glück gehabt, dass nur die Regalbretter abgestürzt sind und nicht der ganze Schrank zu Bruch gegangen ist."

Franziska verstaute ihre Bücher wieder auf dem alten, aber robusten Regal im Schafzimmer und bestückte die Vitrine mit am Strand von Kreta gesammelten Muscheln, mit Harlekinfiguren aus Venedig und mit farbenfrohen Keramiktassen, ein Mitbringsel aus Barcelona.

„Hier ist noch viel Platz für Souvenirs", freute sie sich und schaute Felix unternehmungslustig an.
„Wohin geht unsere nächste Reise?"

Felix und Franziska und der neue Sitzplatz

Franziska liebte ihre Sitzecke im Garten. Ein weißer Marmortisch, einstmals von ihrer Schwester ausrangiert, harrte seit Jahren auf rustikale Patina, die sich irgendwie nicht recht einstellen wollte. Trotz des feuchten schleswig-holsteinischen Klimas. Drumherum hatte sie sechs weiße Gartenstühle drapiert, die sie bei Sonnenschein mit den genauso verblichenen wie heißgeliebten geblümten Sitzkissen schmückte.

Felix schimpfte jedes Mal beim Rasenmähen. Musste er doch die sechs Stühle und dazu noch den schweren Marmortisch von links nach rechts und wieder zurück rücken, den Mäher aus- und wieder einschalten, um den Rasen ordentlich schneiden zu können.

Beim Frisörbesuch, als sie aufschaute in den Spiegel und fand, dass ihr mit Lockenwicklern gespickter Kopf sie wie eine Außerirdische aussehen ließ, blätterte Franziska schnell weiter in der Zeitschrift „Schönes Zuhause" und ihr Blick blieb bei pittoresken Gartenmöbeln in mediterranem Ambiente hängen. Ein zauberhafter Rasen, blühende Hecken rundherum, mittendrin eine Fläche strahlend weißer Kiesel, auf denen Tisch und Stühle aus edlem Teakholz einladend arrangiert waren. Das war die Idee! Felix würde nie mehr schimpfen beim Rasenmähen, wenn ihre Sitzgruppe so malerisch auf weißen Kieselsteinen Platz fände. Während die Frisörin noch kämmte und sprayte, hatte Franziska schon die Menge Kies ausgerechnet, die Felix das Rasenmähen erleichtern sollte, und voller Tatendrang eilte sie nach Hause. Felix war skeptisch. Mediterranes Ambiente in Kiel? Wenn schon ausländisch, dann wäre er doch eher für die japanische Richtung. Ein bisschen Bambus, ein paar flache Steine, ein kleiner Teich mit einer Brücke...

„Na ja", Franziska gab sich kompromissbereit, „vielleicht im Vorgarten. Aber für meine Sitzecke möchte ich weiße Kieselsteine haben."

Bei einem Hühnersüppchen wurde diskutiert und argumentiert, und wer Franziska kennt, den wundert es nicht, dass das Mittelmeer den Sieg über Japan davontrug. Die anschließende Bestellung der erforderlichen Menge Kiesel und rustikaler Pflastersteine als Abgrenzung – ein Zugeständnis an ihr nördliches Umfeld – wurde mit einem Glas Chianti begossen.

Am nächsten Morgen hatte Franziska es eilig, in den Garten zu kommen, war die Lieferung von Kiesel und Steinen doch schon für den Vormittag angekündigt. Zusammen mit Felix schachtete sie ein riesiges Geviert Wiese aus, wobei erst ein Spaten und dann Felix' Wirbelsäule zu Bruch ging. Zumindest glaubte er fest daran, bis Franziska ihn mit einer Einreibung Franzbranntwein und einem ABC-Pflaster notdürftig kuriert hatte. Wohin mit dem Aushub von Gras und Erde?

„Wir könnten eine toskanische Hügellandschaft anlegen," meinte Felix, aber Ironie war an seine Franziska heute verschwendet. Also mühte er sich, die Erdmassen auf dem Komposthaufen und zwischen Büschen und Hecken zu verstauen. Mit einem großzügigen Trinkgeld wurde der freundliche Mitarbeiter vom Kieswerk überredet, den beladenen Hänger vor dem Haus stehen zu lassen, damit Felix und Franziska bis zum Abend Schubkarre für Schubkarre Steine und Kiesel den schmalen Weg am Haus vorbei in den Garten abtransportieren konnten.

Stolz stand Franziska in der Terrassentür des Wohnzimmers, blickte über den Garten und bewunderte ihr Werk.

„Na," mit beifallheischendem Blick strahlte sie ihren Felix an, „wie gefällt es dir?"

Felix betrachtete das weiße Quadrat in der grünen Wiese. „Von hier sieht es gar nicht so schlimm aus, wie ich befürchtet habe," meinte er und rieb sich den schmerzenden Rücken. Bevor Franziska zum Protest ansetzen konnte, schallte ein „Moin, moin" zu ihnen herüber und ihre Freundin Julia bog, gefolgt von Ehemann Peter, um die Hausecke.

„Toll sieht euer Garten aus," lobte Julia und umarmte Franziska zur Begrüßung. „Das war sicher eine Menge Arbeit. Die vielen Steine!"

„Felix gefällt es nicht."

„Das habe ich so nicht gesagt," warf Felix ein. „Aber geht mal näher heran an die Kieselsteine und sagt dann eure Meinung."

Die vier schlenderten über den Rasen zum neu angelegten Sitzplatz. Peter wühlte mit der Fußspitze im Kies.

„Du wirst Probleme beim Rasenmähen bekommen, Felix," gab er zu bedenken. „Die Kieselsteine bleiben mit Sicherheit nicht da, wo sie sind, sie werden sich im Gras verteilen und du machst deinen Mäher kaputt."

„Siehst du!" Felix schaute Franziska vorwurfsvoll an. „Ich werde beim Rasen mähen einen Sicherheitsabstand von einem Meter einhalten müssen."

„Soll ich das Gras um den Sitzplatz herum vielleicht mit der Nagelschere schneiden?" Franziska war eingeschnappt.

„Ihr könntet eine Buchsbaumhecke drumherum pflanzen," versuchte Julia das Problem praktisch anzugehen.

„Noch besser wäre an jeder der vier Ecken einen Terrakotta-Topf mit einem Buchsbaum drin. Wenn schon mediterran, dann richtig!" Peter grinste. „Habt ihr euch nicht vorher überlegt, was ihr wollt?"

„Haben wir doch," grummelte Felix, ließ sich in einen Gartenstuhl auf eins der verschossenen Blümchenkissen sinken und sah zu, wie eine kleine Kieselfontäne auf seinen gepflegten Rasen spritzte.

„Dass diese Kieselsteine nicht in unseren Garten passen, habe ich von Anfang an gewusst. Franziska hat es mir nur nicht geglaubt."

„Es liegt an den alten Sitzkissen," meinte Julia. „Wenn ihr Euch schicke Sitzkissen kauft, am besten in dunkelgrün, dann werdet ihr staunen, wie gut das hier aussieht."

„Ja, dunkelgrün, passend zu den Buchsbäumchen im Terrakotta-Topf," pflichtete Peter seiner Frau bei.

„Aber mal im Ernst, rundet doch die Ecken ab, legt statt des exakt rechteckigen einen unregelmäßigen Sitzplatz an und lasst Euch noch eine Fuhre Pflastersteine kommen. Damit umgrenzt ihr euren gesamten Rasen, und ihr werdet sehen, wie fantastisch das korrespondiert!"

„Noch mehr Steine korrespondieren aber nicht mit meinem Rücken," stöhnte Felix, „und das Problem, dass die Kieselsteine nicht mit dem Rasenmäher korrespondieren, hätten wir immer noch."

„Ich weiß die Lösung!" quietschte Julia erfreut. „Wir haben einen ganzen Stapel Platten von unserem Wintergartenbau im letzen Jahr übrig. Echt Solnhofen, die könnt ihr auch für draußen benutzen. Kombiniert mit den Pflastersteinen sähe das toll aus! Was meinst du dazu, Franziska?"

Franziska war gerade dabei, sich ihre geliebten verblichenen Blümchenkissen in kräftigem Dunkelgrün vorzustellen. Nein, ihre Blümchenkissen würde sie nicht hergeben, sie waren genauso alt wie ihr Haus, fast dreißig Jahre. Für Kissen ein wahrhaft biblisches Alter! Und von dem frisch angelegten strahlend weißen Kies sollte sie sich gleich wieder verabschieden? Auch sie spürte ihren Rücken von der ungewohnten Arbeit am Nachmittag. Das konnte doch nicht alles umsonst gewesen sein! Sie schaute Felix an und brachte ein Lächeln zustande.

„Vielleicht müssen wir uns nur ein paar Tage an die neue Sitzecke gewöhnen. Lass uns doch einfach drüber schlafen."

Als Felix früh am nächsten Morgen aus dem Wohnzimmerfenster in den Garten schaute, entfuhr ihm ein Schrei und Franziska eilte herbei.

„Schau mal," er nahm sie in den Arm, und Franziska schaute. Schaute und schwankte zwischen Lachen und Weinen. Hatte doch ein Maulwurf über Nacht kräftig gearbeitet, zwei dicke braune Hügel prangten auf dem weißen Kies, direkt unter dem Marmortisch.

Julia und Peter erwiesen sich als wahre Freunde bei dem Unternehmen, das mediterrane Ambiente mit Hilfe der gespendeten Solnhofener Platten in einen rustikalen Sitzplatz umzuwandeln. Die verschossenen Blümchenkissen hatten nie besser ausgesehen, als an dem lauen Sommerabend, an dem sich die vier zu einer zünftigen Feier mit Bier und Köm trafen. Während die

Grillwürstchen schon brutzelten, drehte der übermütige Felix mit dem Rasenmäher eine Ehrenrunde um die neue Sitzecke.

Demnächst wird er vor dem Haus einen japanischen Garten anlegen. Der Teich dazu ist schon fertig. Er ist ein bisschen groß geraten, aber es mussten eine Menge weiße Kieselsteine darin Platz finden.

Felix und Franziska auf der Schwentine

„Und die Sonne auf meinem Kopf, die macht mich froh, oho ohoooo..."
Selig trällernd lag Franziska quer im Boot, die Beine baumelten über Bord. Felix paddelte, eins-zwei, eins-zwei, was seine Arme hergaben. Als sie so mit ihrem Faltboot über den Plöner See schipperten, lagen schon etliche Schwentine-Kilometer hinter ihnen, erlebnisreiche, abenteuerliche, bezaubernde Kilometer auf einem Flüsschen, das weniger Flüsschen ist als eine Folge von glitzernden Seen, aneinander gereiht wie Perlen auf einer Kette.

„Und die Sonne auf meinem Kopf..."
Ja, Sonne, oder, man war schließlich bescheiden als ‚Nordlicht', zumindest trockenes Wetter hatten Felix und Franziska sich gewünscht, als sie am Freitagnachmittag im Nieselregen starteten. Das Auto war vollgepackt. Ein Faltboot, in das sie fünfzig Euro investiert hatten, um es nach einem jahrelangen Schattendasein auf dem Dachboden wieder flott zu machen, Zelt, Schlafsäcke und Luftmatratzen, dazu Proviant für zwei Tage, der auf der Fahrt von Kiel nach Eutin noch durch den Kauf von Katenschinken und Mettwurst, frischen Brötchen, Obst und einer Flasche Rotwein ergänzt wurde.

Eutin im Regen. Obwohl er nicht zum erstenmal hier war, verfuhr sich Felix in den verwinkelten Straßen. Ein erneuter Versuch wurde unternommen, mit dem Auto in Richtung See vorzustoßen. Sie fanden die Schwimmhalle. Sie fragten. Aha, rechts, links, links. Ein Gässchen mit dem schönen Namen ‚Rosengarten'. Rosen im Regen.

Der Aufbau von Zelt und Boot auf dem Gelände des Segelvereins ging trotz des anhaltenden Nieselregens zügig vonstatten, Felix und Franziska kuschelten sich gemütlich in ihre Schlafsäcke, inzwischen war es Abend geworden. Draußen   hingen dicke, dunkle Wolken über einem grauen See, drinnen wurde im Schein einer Taschenlampe die Weinflasche von Felix zu Franziska und wieder zurück gereicht. Der Regen trommelte aufs Zelt, es hörte sich beängstigend an. Reißverschluss auf, noch ein Blick in die Finsternis, es goss in Strömen! Schnell wieder hinein in die wohlige Wärme, ein letzter Gedanke vor dem Einschlafen galt dem Wetterbericht, der für dieses Wochenende etwas ‚Wechselhaftes' prophezeit hatte, was von Felix und Franziska zur hellen Sonnenseite hin interpretiert worden war.

Den ersten Wetterwechsel erlebte Franziska nachts um eins. Sie erwachte und registrierte sofort das Ausblei-ben der trommelnden Regentropfen. Sie wühlte sich aus ihrem Schafsack und schlüpfte aus dem Zelt. Ein weißer Mond hinter jagenden Wolkenfetzen, geheimnisvoll schillerte die dunkle Fläche des Sees. Beruhigt schlief Franziska wieder ein, der Wetterbericht hatte doch Recht gehabt!

Erneuter Wetterwechsel morgens um halb sieben. Felix und Franziska wachten auf, der Regen trommelte, es schüttete, es goss wie aus Eimern! Felix wollte nicht glauben, was Franziska ihm vom nächtlichen Mondschein erzählte. Er kroch aus dem Zelt, lief zum Auto, kam patschnass mit zwei Schirmen zurück und verkündete:
„Wir bauen ab und fahren nach Hause."
Das sollte das Ende der Paddeltour sein, noch bevor sie begonnen hatte? Nein! Franziska schimpfte, sie schimpfte auf das Wetter, auf den Wetterbericht und auf das feuchte Zelt. Nichts mehr übrig war von der Gemütlichkeit, also rein in die Anoraks und raus in den Regen.

Eutin, Rosenstadt im Regen, morgens um sieben.
Felix und Franziska promenierten die Uferpromenade entlang unter Schirmen, platschten durch Pfützen und bekamen nasse Füße. Weder dem Seeufer, dem Schloss noch dem Marktplatz konnten sie viel abgewinnen. Bald hockten sie feucht und frierend wieder in ihrem Zelt beim improvisierten Frühstück. Franziska entsann sich der ‚Kleinen Cornelia' und wie vor 40 Jahren sang sie:

„Lieber Gott lass die Sonne wieder scheinen, für Mama, für Papa und für mich."

Da, was war das? Ein leuchtender Fleck tanzte auf der Zeltwand, ein Sonnenstrahl. Felix und Franziska purzelten übereinander bei dem Versuch, gleichzeitig aus dem Zelt zu krabbeln. Zwischen dunklen Wolken sahen sie einen hell schimmernden Streif nach Osten ziehen. Es hörte auf zu regnen! Felix prüfte mit kritischen Blicken den Himmel in alle Richtungen. Ja, weit hinten über der Kirchturmspitze, da riss es auf. Ein Fleckchen Blau, und noch eins, vom Wind heran getragen.

„Juchu," rief er, „wir können lospaddeln!"

Felix und Franziska ließen ihr Boot zu Wasser, bauten das Zelt ab und verstauten es mit dem übrigen Gepäck an Bord. Ein bisschen eng war es, und aufregend dazu. Das Boot schwankte, die beiden gaben ihr Bestes und paddelten im Zick-Zack-Kurs auf das Ende des Eutiner Sees zu, zum Ausfluss der „Schwentine".

Die Ufer rückten nun enger zusammen, Felix und Franziska lenkten mit ihren Paddelkünsten das Boot abwechselnd rechts und links in Schilf und Gestrüpp. Doch allmählich bekamen sie Routine, und die Miene des außer Atem geratenen Felix hellte sich auf, genauso wie der Himmel über ihnen. Unter einer Brücke hindurch, düster und so niedrig, dass die herabhängenden Spinnweben fast ihr Boot berührten, erreichten

Felix und Franziska die Schwentine. Nun wurde es romantisch, flirrendes Sonnenlicht, Kaskaden von dichtbelaubten Zweigen über dem Wasser, der Fluss schlängelte sich durch eine dämmrige, grüne Zauberwelt. Unter der nächsten Brücke hindurch glitt das Boot ins Helle. Blauer Himmel, in die Ferne gerücktes, bewaldetes Ufer, der Kellersee.

Hier vervollkommnete Felix seine Paddelkünste, Franziska ruhte sich aus und blickte den Schäfchenwolken nach. Ein Campingplatz wurde erspäht und lud zur Mittagsrast ein. Dann wieder die Schwentine, rechts und links gepflegte Gärten, stattliche Villen, schließlich der Kurpark von Malente. Plötzlich ein Schild „Achtung......!", ein Steg, ein Schrei, und schon packte die Strömung das kleine Boot! Geistesgegenwärtig und blitzschnell reagierte Felix, er erreichte mit wilden Paddelschlägen das Ufer, helfende Hände einer Jugendgruppe griffen nach dem Boot und zogen es ein paar Meter zurück zum Steg. Erleichtertes Aufatmen, verschwand doch die Schwentine im Dunkel einer Untertunnelung! Nachdem das Boot aus dem Wasser gehievt war, glitt ein suchender Blick in die Runde: Wo ging es weiter? Die jugendlichen Flusswanderer wussten Rat, ein Straßenkilometer durch Malente war zu bewältigen. Felix und Franziska ernteten die erstaunten Blicke vieler Autofahrer, als sie sich mit ihrem Boot auf den Schultern in den Verkehr einreihten. Die Spaziergänger auf der Diekseepromenade schauten genauso verblüfft, als das Boot mit Schwung über die Wiese in den See rutschte.

Noch auf dem Dieksee sahen Felix und Franziska die Sonne als riesigen Feuerball hinter Bäumen versinken. Bucht reihte sich an Bucht, bis eine kurze und enge Durchfahrt in den Langensee führte. Sterne blinkten auf, die waldigen Ufer verschwammen im Schatten, Möwengekreisch wehte aus der Ferne herüber. Franziska und Felix waren ganz allein auf dem See, was würde das für eine Nacht werden? Wo war der als Nachtlager geplante Zeltplatz? Endlich eine Landzunge, im nachtdunklen Licht wiesen bunt schimmernde Farbkleckse den Weg, dann herrschte Taschenlampenromantik beim Zeltaufbau und beim Aufpusten der Luftmatratzen. Ermattet fielen Felix und Franziska in einen tiefen Schlaf, aus dem sie erst spät am nächsten Morgen erwachten.

Beinahe war es Mittag, als die beiden bereit waren, wieder in See zu stechen. Die Sonne versteckte sich hinter Wolkenschleiern, der Langensee ging in den Behler See über, die leuchtend weißen Schiffe der Fünf-Seen-Flotte wiesen den Weg in den Höftsee. Dort rückten die schilfigen Ufer eng zusammen, am belebten Ausflugsziel ‚Fegetasche' vorbei ging es in den Großen Plöner See. Nach Menschen und Autos wieder Ruhe und Weite, eine blau schimmernde Wasserfläche, grüne Ufer in der Ferne, dunkel hoben sich ein paar

Inseln davor ab mit weiß blitzenden Segelbooten dazwischen. Nach einigen Paddelschlägen ließen Felix und Franziska sich treiben, umringt von schnatternden Enten, die sich um Franziskas Kekse rauften.

Irgendwann griff Felix wieder zum Paddel, umschiffte zwei Inseln und suchte und fand schließlich im grünen Dschungel aus meterhohem Schilfgras einen schmalen Durchlass. Sie schwammen wieder auf der Schwentine.

Felix und Franziska schipperten gemütlich durch Plön. Mal rechts und mal links herum wand sich das Flüsschen zwischen lauschigen Gärten hindurch, ein Hauch von Kaffeeduft wehte in ihre Nasen, Bienen surrten durch die Luft und einen Schwarm Schnatterenten hatten sie auch wieder im Schlepptau. Dann der Kleine Plöner See. Nun war es höchste Zeit, nach einem Landeplatz Ausschau zu halten. Richtig schwer wurde es ihnen, nicht in den hellen Abend hinein weiter zu paddeln. Kühe am sanft abfallenden Ufer, ein Fischerboot in der Ferne, spiegelglatt und ruhig der See.

Ein Parkplatz kam in Sicht, aber zu hoch gelegen, als dass Felix und Franziska ihr Boot dort hätten hinauf schaffen können. Dann ein privater Steg, auf dem ein gut proportioniertes weibliches Wesen die Strahlen der tief stehenden Sonne genoss. Felix sah seine Chance gekommen und sprach mit der jungen Frau. Tatsächlich, er bekam die Erlaubnis, das Boot aus dem Wasser zu holen, im Garten abzubauen und zur Straße zu transportieren. Während Felix sich um Boot und Gepäck kümmerte, suchte und fand Franziska den Plöner Bahnhof. Bald saß sie im Zug nach Eutin, im Zeitraffertempo rasten Plöner, Behler, Diek- und Kellersee an ihr vorüber, in nur acht Minuten hatte sie eine Strecke bewältigt, die im Paddelboot zwei Tage lang ein Erlebnis gewesen war.

Eutin im Sonnenschein. Zauberhaft romantisch der alte Brunnen auf dem Marktplatz, das Schloss lud zum Freilichttheater ein, die blumengeschmückte Uferpromenade leuchtete farbenfroh in der Abendsonne. War es wirklich erst gestern morgen, dachte Franziska, dass sie triefnass und traurig auf denselben See geschaut hatte, der jetzt nicht mehr düster und dunkel, sondern glitzernd und funkelnd vor ihr lag? Sie stieg ins Auto, und nach ein paar Ausblicken auf die malerischen holsteinischen Seen sammelte sie in Plön ihren Felix, Boot und Gepäck ein. Auf dem Nachhauseweg herrschte Einigkeit: Am nächsten sonnigen Wochenende würde die Paddeltour von Plön über die Schwentine nach Kiel führen!

Felix und Franziska und die Computerwelt

Die Johannisbeersträucher hatten in diesem Jahr reichlich Früchte getragen. Franziska stand mit hochrotem Kopf in der Küche und rührte in einem riesigen Topf eine rot blubbernde Masse um, als es Sturm klingelte.

„Felix, machst du bitte die Tür auf", rief sie ihrem Herzallerliebsten zu, der gerade mit einem Tablett voll leerer Einweckgläser die Kellertreppe herauf kam. Es klingelte ununterbrochen weiter, während Felix die Gläser schwungvoll auf der Küchenanrichte abstellte, wobei eines auf den Fliesenboden kollerte und mit einem Knall zerplatzte. Franziska schrie erschrocken auf, warf ihren Kochlöffel, der eine Spur von roten Tropfen hinterließ, ins Spülbecken, und bückte sich nach den Scherben. Felix tat es ihr gleich, heftig stießen die beiden mit den Köpfen zusammen und Franziska landete unsanft inmitten von Glasscherben und Johannisbeermus. Sie rieb sich die schmerzende Stirn. Es klingelte immer noch.

„Felix, geh doch bitte zur Haustür und mach auf!" In dem Moment brach der schrille Klingelton ab, sie hörten einen Schlüssel, der sich im Schloss drehte, sie hörten den Ruf „Überraschung" aus dem Flur schallen, und dann standen ihre Kinder Frauke und Florian vor ihnen.

„Um Himmels willen", Florian griff nach Franziska und half ihr auf die Beine, „was ist denn hier los?"

„Wir kochen Marmelade", erklärte Felix.

Frauke lachte. „Die Risiken und Nebenwirkungen sind nicht zu übersehen", sagte sie und wischte ein paar Glassplitter von Franziskas Hosenboden, bevor sie die Mutter herzlich umarmte.

„Ich habe doch erst in drei Tagen Geburtstag, wieso seid ihr schon heute hier?" wunderte sich Franziska.

„Das ist die Überraschung. Kommt mal mit."

Felix und Franziska folgten ihren Kindern in die Diele und sahen ein riesiges Paket im Eingang stehen.

„Ohne Computer und Internet läuft heute gar nichts mehr." Florian hatte binnen kürzester Zeit Franziskas Näh- und Bügelzimmer, in dem sie an einem kleinen Tisch gewöhnlich auch ihre Schreibarbeiten erledigte, in ein Büro verwandelt. Die alte elektrische Schreibmaschine war in der Abseite gelandet – „bis zum nächsten Sperrmüll". Franziska saß zwischen Monitor, Tastatur und Drucker. In der rechten Hand hielt sie die „Maus" und bewegte sie vorsichtig über ein Mauspad, das einen fröhlichen Felix im Liegestuhl zeigte. Auf Anweisung ihres Sohnes schaltete Franziska den Computer ein, es surrte und brummte und kurz darauf lachten ihr vom Bildschirm Frauke und Florian entgegen. Franziska staunte.

„Wie ist das nur möglich?"

„Viele ungeahnte Möglichkeiten werden sich Euch eröffnen! Bis zu deinem Geburtstag wird geübt!"

Florian begann, seine Mutter mit einem Computer-Schnellkurs zu traktieren, den Franziska nach einer Stunde entnervt abbrach. Sie schüttelte ihre rechte Hand, mit der sie die Maus gehalten hatte.

„Meine Finger sind genauso verkrampft wie meine Gehirnwindungen. Felix, jetzt bist du dran!"

Franziska räumte ihren Platz, kehrte erleichtert in die Küche zurück, fegte Glasscherben auf und wischte den Fußboden. Ihre Tochter kam in die Küche geschlendert, als Franziska begann, fünfzehn ordentlich aufgereihte und mit Johannisbeermarmelade gefüllte Gläser zu beschriften.

„Du könntest bunte Aufkleber selbst auf dem Computer entwerfen", schlug Frauke vor, als sie sah, wie ihre Mutter sich vergeblich um Schönschrift bemühte.

„Von ‚können' kann vorläufig keine Rede sein. Ich fürchte, dass ich den Computer nicht mal eingeschaltet bekomme, ohne irgend etwas falsch zu machen."

„Kein Problem", meldete sich Felix und kam einen Zettel schwenkend zur Küche herein. „Florian hat uns den Ablauf hier der Reihe nach aufgeschrieben."

Felix und Franziska hatten noch nie soviel Geburtstagsvorbereitungen zu erledigen gehabt, wie in den nächsten drei Tagen. Immer dann, wenn Florian oder Frauke den Computer einschalteten, fiel Franziska ein, dass sie beim Schlachter noch Grillwürste einkaufen oder die Brötchenbestellung beim Bäcker ändern musste. Felix überprüfte mehrmals die Bestände an

Wein, Bier, Mineralwasser und Limonade und fand immer noch etwas, das fehlte. Umgehend fuhr er los und besorgte noch dieses oder jenes Getränk, um auch den ausgefallensten Geschmack befriedigen zu können. Sich an den Computer zu setzten, die Maus in die Hand zu nehmen und den Umgang mit der neuen Technologie zu üben, so wie ihre Kinder sich das vorgestellt hatten, nein, dazu fanden Felix und Franziska in diesen drei Tagen nun wirklich keine Zeit.

Nach einem fröhlichen Grillfest an einem lauen Sommerabend verabschiedeten sich Frauke und Florian Richtung Hamburg, Frauke arbeitete in einer Apotheke, Florian musste zurück an seinen Schreibtisch in einem Konstruktionsbüro.
„Tschüß Muttchen, tschüß Vati, und wenn ihr mit dem Computer nicht zurechtkommt, ruft mich an."
Florian schwang seine Beine in einen kleinen roten Sportflitzer und schoss hupend und winkend mit seiner Schwester um die nächste Straßenecke.

Felix stolperte über einen Waschkorb, der mitten im Wohnzimmer stand und in dem sich Franziskas Bügelwäsche türmte. Grummelnd griff er nach dem Korb, schleppte ihn die Treppe hinauf ins Bügelzimmer und fand dort Franziska mit hochrotem Kopf vor einem grün leuchtenden Bildschirm sitzen.

„Ewig können wir schließlich nicht einen Bogen um den Computer machen. Ich habe ihn eingeschaltet, aber irgendetwas stimmt nicht."

Die Finger fest um die Maus geschlossen kreiste Franziskas rechte Hand nervös um Felix herum, der sich auf dem Mauspad im Liegestuhl räkelte.

„Ein Pfeil müsste jetzt auf dem Bildschirm sein, ich sehe aber nur ein Okay-Schild. Da ist kein Pfeil."

„Lass mich mal schauen." Felix Stimme klang tröstlich, als er sich neben Franziska setzte, ihr die Maus aus der Hand nahm und mit dieser Bewegung den gesuchten Pfeil auf den Bildschirm zauberte. Er war genauso verblüfft wie Franziska.

„Jetzt musst du mit dem Pfeil das OK treffen und dann mit dem rechten Zeigefinger drücken", las Franziska aus den Anweisungen von Sohn Florian vor. Felix sortierte seine Finger auf der Maus, wanderte mit dem Pfeil in Richtung „OK", versuchte zu treffen und zu drücken, zwei Aktionen, die ihm erst nach mehreren Versuchen gleichzeitig gelangen.

„Lachen die beiden uns aus?" fragte sich Franziska, als die Gesichter ihrer Kinder auf dem Bildschirm erschienen, umrahmt von einer Menge verschiedener Symbole, um die Felix mit dem Pfeil herum schlingerte. Schließlich landete er einen Treffer auf dem Symbol für Spiele, und „Solitär" erschien.

„Jetzt können wir Patiencen legen", freute sich Franziska und knuffte Felix in die Seite, „lass mich doch bitte wieder an die Maus!"

Bis sie herausgefunden hatten, wie ein Doppelklick funktioniert und wie eine Karte mit dem Pfeil über den Bildschirm gezogen wird, waren zwei Stunden vergangen und Felix massierte seine steifen Finger. Franziska hatte ein Soliär-Spiel zu Ende gebracht, sonnte sich in ihrem Erfolg, vergaß darüber die Anweisungen zum Computer Ausschalten, drückte auf den Knopf, und musste Felix strafende Blicke über sich ergehen lassen, der ihr vorlas, dass man den Computer nie, also wirklich niemals, einfach ausschalten darf ohne ihn vorher „herunter zu fahren".

Franziskas Bügelwäsche blieb liegen, und ihre alte Schreibmaschine wanderte tatsächlich auf den nächsten Sperrmüll. Fasziniert tauchte sie in die virtuelle Welt des Internet ein, klickte durch Reiseberichte, Kochrezepte und neueste Nachrichten. Sie tauschte E-Mails mit ihren Kindern aus und in den ersten Oktobertagen, als Felix vier Flaschen Nussschnaps abgefüllt hatte, hergestellt aus bestem Grappa und selbst geernteten Walnüssen, überraschte sie ihn mit Flaschenetiketten, auf denen Felix' Nussbaum prangte, sein ganzer Stolz. Ein nostalgischer Schriftzug verhieß: „Ein Schluck von Felix' bestem Stück".

Felix und Franziska auf der Suche nach ein bisschen Heide

Nach dem Besuch der Freizeit-Messe „Rund ums Rad" sollte ein Hauch von Abenteuer in Felix und Franziskas Fahrradleben kommen. Geplant und fest gebucht hatten sie den Aufenthalt in einem Apartment in Ermingen. Dieser Ort war ihnen als „Perle der Lüneburger Heide" angepriesen worden, und eine Woche lang wollten sie von hier aus kleinere und größere Radtouren in die Heide unternehmen. An einem Sonntag im September fuhren sie los, mit den Rädern im Zug von Kiel nach Lüneburg. Auf dem Hamburger Hauptbahnhof mussten sie umsteigen, wie immer tobte dort das Leben, es war rappelvoll. Sie beeilten sich, hetzten mit ihren bepackten Fahrrädern durch ein Menschengewimmel mit der Rolltreppe nach oben und mit dem Fahrstuhl wieder runter auf den richtigen Bahnsteig, der weder 11 (laut Ansage im Zug), auch nicht 10b (wie im Internet nachgeguckt), nicht einmal 9½ (wie bei Harry Potter) sondern heute ausnahmsweise 12a war. Innerhalb von zehn Minuten hatten sie es geschafft, sie saßen im Zug nach Lüneburg, es konnte weitergehen. Ging es aber nicht, Lok und Waggons wurden noch umrangiert, der Zug fuhr erst mit einer dreiviertel Stunde Verspätung los. Inzwischen hatte sich das Fahrradabteil gut gefüllt, die beiden waren eingequetscht zwischen Pedale und Gepäcktaschen, aber da Fahrrad fahren verbindet, entspann sich eine lustige Unterhaltung über Generationen und einige Bahnhöfe hinweg, bis der Zug in Lüneburg eintraf. So, nun sollte es richtig losgehen, 25 Kilometer durch die Heide nach Ermingen. Franziska hatte sich Sorgen gemacht, dass nach dem schönen, langen Sommer die Erikablüte vertrocknet sein könnte, die Sorgen waren umsonst. Weder braunes noch lila leuchtendes Erika säumte ihren Weg, sondern abgeerntete Maisfelder und Kartoffeläcker. Bei einer kleinen Pause sammelte Franziska rasch etwa fünf Kilo Kartoffeln ein fürs Abendessen am nächsten Tag und stopfte sie noch irgendwie in die ohnehin schon vollen Fahrradtaschen.

Die „Perle der Heide", Ermingen, empfing Felix und Franziska mit dichtem Autoverkehr, Erikapflanzen in Blumentöpfen und einem Apartment, das den Charme der 60er Jahre bot. Düster, verwohnt und kalt war es, eine einzige Enttäuschung, wie der ganze Ort. Die beiden trösteten sich mit Lammhaxe und Schweinefilet in einem gemütlichen Gasthof. Und dann hatten sie Glück im Unglück, der Besitzer des Ferienhofs ließ mit sich reden, sie konnten nach einer Übernachtung am nächsten Morgen abreisen. Früh um neun Uhr saßen sie auf ihren voll gepackten Rädern - nicht zu vergessen fünf Kilo Kartoffeln - und fuhren Richtung Wilseder Berg. Dort, so hatten sie sich sagen lassen, soll es die „richtige" Heide geben. Bei strahlendem Sonnenschein radelten sie denn auch über huckelige Sandwege, rechts und links braunviolette Erikafelder mit säulenförmigen Wacholderbüschen dazwischen, es sah nach Toskana aus, und genauso hügelig war es auch. Als Felix und Franziska auf einer Bank Rast machten und das Panorama genossen, lief eine Heidschnuckenherde an ihnen vorbei mit einem Schäfer wie aus dem Bilderbuch. Schließlich kündigten dunkle Wolken Regen an, aber da hatten sie den Naturpark Nordheide mitsamt dem putzigen Dörfchen Wilsede schon wieder verlassen und standen vor einem prächtigen Landgasthof. Nach einem guten Mittagessen war der Himmel wieder klar, es konnte weitergehen.

„Wo gibt es hier noch Heide?" wollte Franziska von dem dicken, gemütlichen Gastwirt wissen.

„Gute Frau", antwortete der, „mit Sand war noch nie Geld zu verdienen. Schon vor mehr als hundert Jahren wurde die Heidelandschaft aufgeforstet und für Ackerbau und Viehzucht nutzbar gemacht. Seien Sie froh, dass ein paar engagierte Naturschützer einige Landstücke aufgekauft und so die Naturparks Nord- und Südheide erhalten haben."

Franziska und Felix fuhren nun ins Blaue, nach dem Motto „Der Weg ist das Ziel". Gegen Abend fanden sie die kleine Pension „Heideröslein", die so günstig war, dass sie sich gleich für zwei Nächte einquartierten. Am nächsten Tag konnte sie daher ohne Gepäck eine große Rundtour durch die Südheide radeln. Hier war die Landschaft wieder so, wie sie sich die Heide vorgestellt hatten, nur die Wege nicht, die waren miserabel. Die beiden quälten sich durch Sand und Schotter hügelauf und hügelab, und wurden schließlich von einer sonnenbeschienenen Bank am Waldrand belohnt, auf der sie Picknick machten mit Blick über lila leuchtendes Erika.

Da ein älteres bayrisches Ehepaar in der netten Pension ihnen ans Herz gelegt hatte, in die wunderschöne Stadt Celle zu radeln und dort im bayrischen „Häusl" zu essen „besser als im Münchner Hofbräuhaus", war nun Celle Felix und Franziskas nächstes Ziel. Sie wählten eine garantiert sandfreie Strecke, das heißt langweilige Radwege entlang der Landstraße, obwohl die fünf Kilo Kartoffeln als Geschenk an ihre Wirtin im „Heideröslein" geblieben waren. Deren Kommentar: „Das sind Stärkekartoffeln, die hätten Sie auch wegschmeißen können!"

In Celle präsentierte sich die Altstadt mit putzigen Fachwerkhäusern. Immer, wenn Felix und Franziska um eine Ecke bogen, meinten sie, hier müsse die Herrlichkeit zu Ende sein, aber schon waren sie in der nächsten liebevoll renovierten Gasse. Sie kletterten eine Menge Stufen auf den Kirchturm hoch, bestaunten das Dächergewirr von oben, und als krönenden Abschluss des Tages aßen sie hervorragend im „Häusl", Schweinshaxe und Kasspatzen.
Besonders fasziniert war Franziska von dem charmanten Kellner, Typ „Alternder Playboy". Auch wenn er

mit seinen blondierten Haaren, dem Seidenhemd und der knallroten Geldbörse so gar nicht ins bayrische Bild passen wollte, gab er doch Anlass zu abendfüllenden Spekulationen.

„Ob er eine junge Freundin hat?" raunte Franziska ihrem Felix zu. „Oder vielleicht einen Freund...? Bestimmt fährt er einen schicken Sportwagen!"

„Den hätte ich jetzt auch gerne," meinte Felix bei dem Gedanken an die Fahrradkilometer, die schon hinter ihm lagen, und diejenigen, die er noch vor sich hatte.

„Den Freund?" kicherte Franziska, „oder den Sportwagen?"

Der nächste Tag begann wieder mit dem Frühstück um acht Uhr, Felix und Franziska waren auf ihrer Reise zu Frühaufstehern geworden. Nach dem im Süden der Heide gelegenen Celle ging es nun wieder Richtung Norden, sie hatten schließlich die Zugfahrkarte von Lüneburg nach Kiel in der Tasche. Bei herrlichem Sonnenschein radelten sie durch Felder und Wälder, wobei unterwegs die Fahrradtaschen - nein, diesmal nicht mit Kartoffeln, sondern mit Äpfeln voll gepackt wurden, die Felix an den beiden nächsten Tagen an alle Radfahrer verteilte, denen sie begegneten.

Ganz im Zeichen der Kultur standen diese beiden Tage, Felix und Franziska ließen keine Kirche, kein Kloster und kein Schloss aus, das es an ihrem Weg zu besichtigen gab. Felix schwirrte der Kopf und alle

Knochen taten ihm weh, besonders die im verlängerten Rücken. Franziska hatte Mitleid und beschloss, dass nach soviel Erbauung für die Seele auch der Körper einen Wellness-Tag verdient hätte. Das Thermalwasser lockte sie nach Bad Bevensen, in ein hübsches kleines Kurbad, das nun, im September, leider recht ausgebucht war. Nachdem sie zwei Stunden im Ort herumgefragt hatten, fanden Felix und Franziska ein Zimmer in einem schlichten Hotel, das offensichtlich von einem preußischen General geführt wurde. Überall an den Wänden waren Ver- und Gebotsschilder angebracht.

„Wir sollen im Zimmer nichts essen und nichts trinken. Hoffentlich dürfen wir hier schlafen", sinnierte Felix.

„Schlafen ja", lachte Franziska, „aber bestimmt nicht miteinander!"

Dann packten sie klammheimlich trotz des Verbots die hoteleigenen Handtücher in ihre Tasche und machten sich auf den Weg zum Thermalbad. Die Jod-Sole-Heilquelle ließ Felix und Franziska alle Anstrengungen der Radtour vergessen. Sie schwammen im warmen Wasser der großzügigen Außenbecken mit Wasserfällen, Strudeln und Massagedüsen aller Art, entspannten total und ließen sich dabei von der Sonne bescheinen.

„Sollte uns jemals wieder ein Zipperlein plagen", entschied Felix, „dann werden wir das Thermalwasser von Bad Bevensen aufsuchen!"

Zum Abschluss dieses wunderschönen Tages bummelten sie durch das gemütliche Örtchen und ließen sich im „Biergarten" eines türkischen Lokals allerlei orientalische Köstlichkeiten schmecken. Als sie schließlich im Bett lagen, freuten sie sich, dass es die letzte Nacht ihrer Radtour war.

„Morgen früh Punkt halb acht bläst der General zum Frühstück", vermutete Franziska, „aber am Abend sind wir wieder zu Hause und liegen in unserem Bett, dem schönsten Bett der Welt!"

„Und dann können wir endlich wieder ausschlafen", gähnte Felix. „Gute Nacht!"

Felix und Franziska auf dem Leuchtturm

Als echte „Kieler Sprotte" liebte Felix nicht nur seine Franziska, sondern auch Wellen, Wind und Meer und vor allem Leuchttürme. Ein besonders schönes aus Sperrholz ausgesägtes und liebevoll bemaltes Exemplar zierte die Duschtür im Bad, ein weiteres im Kleinformat, von Felix in jungen Jahren selbst gebastelt, stand auf der Fensterbank im Obergeschoss und sandte des Nachts sein Licht durch die stille Straße.

Franziska hatte eine Idee. Zum diesjährigen Hochzeitstag im Oktober wollte sie Felix mit einer Nacht in einem Leuchtturm überraschen. Hatte sie doch vor einiger Zeit gelesen, dass der ,Rote Sand', Felix Lieblings-Leuchtturm weit draußen vor der Elbmündung, in ein Hotel umgewandelt worden sei. Die Nachforschung im Internet ergab einen Übernachtungspreis von 400 Euro pro Person. „Wir wollen im Leuchtturm schlafen, wir wollen ihn nicht kaufen", murmelte Franziska ganz erschrocken und klickte schnell weiter durch die virtuelle Welt der Leuchttürme. Und sie wurde belohnt. Gar nicht weit weg vom ,Roten Sand', auf der kleinen Insel Neuwerk, fand sie den ältesten Leuchtturm der Welt, einen trutzigen alten Backsteinturm. Die Preise waren hier so moderat, dass Franziska gleich zwei Übernachtungen buchte. An dem Tag dazwischen, ihrem Hochzeitstag, würde sie mit Felix die Insel erkunden.

Ganz maritim plante Franziska die Reise nach Neuwerk. Von Cuxhaven aus sollte eine Wattwanderung dorthin führen, sie versteckte zwei vollgepackte Rucksäcke und die alten Gummistiefel, die Felix immer zum Rasenmähen trug, in einem Koffer und antwortete auf Felix drängende Fragen, wohin denn die Reise gehe, nur mit einem geheimnisvollen Lächeln.

An einem sonnigen Oktobersonntag scheuchte Franziska ihren Felix in aller Frühe aus dem Bett und ins Auto. Sie dirigierte ihn quer durch das schöne Schleswig-Holstein, über die Elbe und durch das Alte Land. Um 10 Uhr waren sie in Cuxhaven angekommen, das Auto wurde geparkt, Felix in seine Gummistiefel gesteckt und mit einem Rucksack beladen. Er machte große Augen, als er Franziska plötzlich in nagelneuer knallgelber Jacke und leuchtenden rosa Gummistiefeln vor sich sah. Sie schnappte sich den zweiten Rucksack und marschierte zielstrebig zum Ende der Kurpromenade. Dort wartete der Wattführer auf Kundschaft. Jahreszeitlich bedingt war es nur eine kleine Gruppe, die sich durchs Watt nach Neuwerk aufmachte.

„Heute ist Saisonende", erklärte der Wattführer. „Dies ist die letzte geführte Wattwanderung in diesem Jahr, und auch das Schiff nach Neuwerk fährt heute Nachmittag, wenn die Flut da ist, zum letzten Mal. Sie können gegen Abend mit dem Schiff von der Insel zurück nach Cuxhaven fahren."

„Wir bleiben bis übermorgen auf Neuwerk", freute sich Franziska. „Schaffen wir den Weg zurück auch allein?"
„Kein Problem, wenn Sie rechtzeitig losgehen, der Weg ist markiert. Und für den Fall, dass Sie doch von der Flut überrascht werden, können Sie in einen dieser Rettungskörbe steigen."
Der Wattführer wies auf einen Drahtkorb an einer langen Stange mit Sprossen zum Hochklettern. Franziska gruselte es. Dort oben wollte sie auf gar keinen Fall hocken, wenn unter ihr das wilde Meer tobte!
„Jetzt kommen wir zum ersten Priel. Der Wind drückt das Wasser heute in Richtung Land, es ist nicht so weit abgelaufen wie üblich." Ein besorgter Blick des Wattführers galt Franziskas rosa Stiefelchen.
„Hoffentlich bleiben Ihre Füße trocken!"
Wie ein Storch setzte Franziska vorsichtig einen Fuß vor den anderen und stolzierte durch das trübe Wasser.
„Iiihh, ist das kalt!" Der Ausruf kam von Felix. „Mein linker Gummistiefel hat ein Loch." Felix musste zusehen, wie sein Stiefel langsam voll lief. Bei jedem Schritt gluckste und platschte sein Fuß im trüben Meerwasser. Franziska lachte. „Am Besten wäre es, du ziehst die Stiefel aus und gehst barfuss", riet sie ihrem Felix. Was dieser dann gleich nach der Durchquerung des Priels auch beherzigte, obwohl es ihn im kalten Oktoberwind schauderte. Mit hochgekrempelten Jeans und Gänsehaut an den Beinen, die Stiefel in der Hand, marschierte er tapfer weiter. Beim nächsten Priel erwischte es dann auch Franziska. Sie machte ihre

Beine lang und länger, aber es nutzte nichts. Die Nordsee schwappte in ihre Stiefelchen, und so ging auch sie kurz darauf barfuß. Das Lachen war ihr vergangen, sie biss die Zähne zusammen, der Meeresboden fühlte sich trotz der angenehmen Sonnenstrahlen eiskalt an, der Wind pfiff um ihre nackten Beine, ihre Füße wurden gefühllos. In jedem der folgenden Priele stand das Wasser etwas höher, und als die kleine Wandergruppe nach mehr als drei Stunden endlich Neuwerk erreichte, waren die Wattläufer kalt, mit Schlamm bespritzt und nass bis weit über die Knie.

Felix und Franziska schlüpften in ihre nassen Stiefel und machten sich auf den Weg zum Leuchtturm, der die kleine Insel überragte.

„Dies soll ein Hotel sein?" Felix war skeptisch, als er seine Blicke die dicken Mauern mit den wenigen kleinen Fenstern in schwindelnder Höhe entlang gleiten ließ.

„Natürlich ist dies ein Hotel, wir werden hier übernachten. Komm Felix!"

Franziska sehnte sich nach ein wenig Wärme und kletterte die Treppe zum Eingang hoch.

„Moin, moin." Keine Antwort.

„Hallo, Guten Tag, ist da jemand?" Felix versuchte es hochdeutsch. Alles blieb ruhig in dem kleinen Vorraum.

„Halloooo..." schallte es von beiden gleichzeitig.

Endlich erschien eine junge Frau und blickte die beiden nassen und von Schlamm triefenden Wanderer erstaunt an.

„Mit Ihnen habe ich nicht mehr gerechnet. Warum sind sie nicht mit der Kutsche gekommen wie unsere anderen Hausgäste? Nun ist kein Zimmer für Sie vorbereitet. Da müssen Sie noch eine Stunde warten."

Felix und Franziska schauten sich verblüfft an, und beherzigten dann den Rat, die Wartezeit in der Turmschänke zu verbringen. Dort gab es heißen Tee mit Rum, zum Essen blieb ihnen – durch das Saisonende bedingt – die Qual der Wahl zwischen Krabben mit Brot und Brot mit Heringssalat. Der Rum wirkte, Franziska bekam wieder warme Hände.

„Nur der Weg bis zu meinen Füßen ist für den Rum wohl zu weit", bedauerte sie, „die sind immer noch eiskalt!"

„Schau doch nur, Felix, was für ein gemütliches Zimmer!" Entzückt sah Franziska sich um. Zwei tiefe Fensternischen mit Sitzbänken, die rotgoldene Tapete im Jugendstilmuster, ein verschnörkelter Kleiderschrank und gemütliche Betten aus Nussbaumholz, dicke Kissen und Federbetten verziert mit rosaroter Spitze.

Nachdem Felix und Franziska sich endlich ihrer schlammigen Hosen und Stiefel entledigt hatten und in trockenen Sachen steckten, starteten sie zum Inselrundgang. Viel zu gehen gab es nicht und auch nicht viel zu sehen. Sie blickten dem Schiff hinterher, das die übrigen Wattwanderer zurück zum Festland brachte, nach einer guten Stunde war Neuwerk umrundet, sie standen wieder vor der Turmschänke und wollten ein Bier trinken. Aber „Ab 17 Uhr geschlossen" verkündete ein Schild, und ein weiteres kündigte an, dass pünktlich zum Saisonauftakt im nächsten Frühjahr wieder geöffnet würde.

„So lange kann ich nicht warten." Felix hatte Durst. Die mitleidige Leuchtturmwirtin verkaufte ihm ein paar Flaschen Bier, Franziska kramte Müsli-Riegel und Schokolade aus den Tiefen ihres Rucksacks, und dann stand einem gemütlichen Abend im warmen Bett nichts mehr im Weg.

„Felix, es regnet." Franziska sprang aus dem Bett und lief von einem Fenster zum anderen. Wo sie gestern noch einen herrlichen Blick bis nach Cuxhaven hinüber und auf die in der Elbmündung ein- und ausfahrenden Schiffe genossen hatte, war nun nichts zu sehen als wabernde Nebelschwaden und Regentropfen, die traurig an den Scheiben hinunter liefen.

„Alles Gute zum Hochzeitstag!" Felix nahm sie in die Arme und sie strahlte ihn aus himmelblauen Augen an.
„Es war eine tolle Nacht! Nach so vielen Jahren ist es immer noch schön... Aber jetzt lass uns frühstücken, ich habe einen riesengroßen Hunger!"

Felix und Franziska genossen ausgiebig das reichhaltige Frühstück, dann starteten sie zu einem erneuten Rundgang um die Insel im nachlassenden Nieselregen.

„Eine Nacht im Leuchtturm hätte eigentlich gereicht", meinte Franziska, „zu sehen gibt es hier nicht viel außer ein paar Häusern, Pferden und Schafen. Was machen wir nun den ganzen Tag lang?"

„Wir könnten die Ebbe abwarten und dann Bernstein suchen. Wenn ich ein richtig schönes Stück finde, dann bekommst du eine Kette dazu als Erinnerung an diesen Hochzeitstag!"

Als um die Mittagszeit der Himmel aufriss und die Sonne sich wieder hervor wagte, marschierten Felix und Franziska in ihren mittlerweile wieder getrockneten Stiefeln durch das Watt, wühlten mit Stöcken in Algen und Schlick, hoben jeden annähernd gelblichen Stein auf und klickten damit gegen ihre Zähne, nur um immer wieder festzustellen, dass es sich tatsächlich um einen Stein und nicht etwa um Bernstein handelte.

„Sieh mal Felix, wie weit der Leuchtturm weg ist, und wir haben immer noch keinen Bernstein gefunden."

„Wir müssen zurück", Felix schaute auf seine Uhr, „die Flut kommt bald."

„Schade, ich hätte doch so gern eine Kette mit einem Bernsteinanhänger gehabt."

Traurig schaute Franziska nach Neuwerk hinüber.

Hand in Hand machten sich die beiden auf den Rückweg. Der wurde länger als gedacht. Die Nordsee suchte sich ihren Weg, gurgelte rechts und links in die Priele, und um nicht wieder nasse Füße zu bekommen, mussten Felix und Franziska immer neue trockene Stellen suchen, über die sie laufen konnten. Schließlich standen sie auf einer Sandbank, und nur wenige Meter Wasser trennten sie noch vom grünen Vorland der Insel.

„Da kommen Sie nicht mehr drum herum", erscholl eine Stimme und Felix erkannte auf dem Deich einen der Leuchtturmgäste, mit dem sie zusammen gefrühstückt hatten.

„Wir versuchen es", sagte er zu Franziska, „du gehst nach rechts, ich nach links, irgendwie kommen wir bestimmt um diesen Priel herum."

Aber weder rechts noch links gab es festes Land, und die Sandbank, auf der sie sich befanden, wurde rasant kleiner.

„Sie müssen durch das Wasser hindurch." Wieder kam die Stimme vom Deich, auf dem sich jetzt mehrere interessierte Beobachter eingefunden hatten.

Was blieb ihnen anderes übrig? Unter den neugierigen Blicken zogen Felix und Franziska Stiefel und Hosen aus und stiegen in die kalte Flut, die Hände mit ihren Kleidungsstücken hoch über dem Kopf. Das Wasser war tief, mitten im Priel bekam Franziska einen nassen Bauch, und nur mit Mühe schaffte sie es, ihre neue gelbe Jacke hoch zu raffen, damit wenigstens die trocken blieb. Sie erreichten die Wiese, drehten ihren

Zuschauern die Kehrseite zu, und unter vielen munteren Zurufen entledigten sie sich der nassen Unterwäsche und schlüpften in Jeans, Socken und Stiefel.

Es war spät am Nachmittag, als Felix bedauernde Blicke auf die geschlossene Turmschänke warf.

„Wo können wir essen gehen?" fragte er die Leuchtturmwirtin und bekam die Empfehlung, es mit der ‚Schlickstube' zu versuchen, dem einzigen derzeit noch geöffneten Lokal der Insel. Weit war es nicht bis zur ‚Schlickstube', wie es denn auf dieser Insel nirgends wohin weit war, außer man stand draußen im Watt und wollte ans Land zurück. Felix und Franziska setzten sich an einen Fenstertisch der gähnend leeren Gaststätte.

„Schtschtscht-klopfklopf schtschtscht-klopfklopf"

Woher kam nur dieses Geräusch? Felix sah sich um und sah einen jungen Mann in Kochuniform aus den Waschräumen kommen, der sich die Hände an der Schürze abwischte.

„Der hat die Toiletten geputzt", raunte er Franziska zu, „und gleich rührt er die Bratkartoffeln um."

„Hoffentlich nimmt er dazu nicht die Klobürste", kicherte Franziska, aber da stand der Koch schon an ihrem Tisch und fragte nach ihren Wünschen. Felix war der Appetit vergangen, höflich und dankend lehnte er ab, irgendetwas zu essen und zu trinken, nahm seine Franziska bei der Hand und strebte aus dem Lokal.

„Wenn einer Klofrau und Koch in Personalunion ist, kann ich gut auf seine Bratkartoffeln verzichten", entschied Felix, und wie am Abend zuvor begnügte er sich mit Bier und dem Proviant aus Franziskas Rucksack.

Als Franziska aus dem Bad kam und in ihr Bett steigen wollte, frisch duftend und in ein zartes Nachthemd gehüllt, fand sie ein kleines Päckchen auf dem Kopfkissen. Neugierig entfernte sie das Papier, öffnete die flache Schachtel und fiel dann freudestrahlend und mit Tränen in den Augen ihrem Felix um den Hals. Der kannte seine Franziska und ihre Wünsche und hatte rechtzeitig in Kiel für sie eine Goldkette mit einem wunderschönen Anhänger aus Bernstein gekauft.

„Ich bin auf dieser Insel gründlich nass geworden", meinte Felix am nächsten Morgen, „lass uns mit der Kutsche zurück zum Festland fahren!"
Franziska war einverstanden, auch sie hatte genug vom kalten Nordseewasser. Pünktlich um zwölf Uhr mittags würde die Kutsche losfahren, beschied ihnen die Wirtin, und zwei Plätze wären noch frei. Also bestiegen Felix und Franziska zusammen mit einigen anderen Individualisten ein abenteuerlich aussehendes Gefährt mit riesigen Rädern, gezogen von zwei stämmigen Rössern. Auf dem Kutschbock saß ein junges, zierliches Mädchen, dem weder Felix noch Franziska zutrauten, sie heil durchs Watt zu lenken. Aber das Mädchen

hatte Routine, sind doch die Kutschen im Winterhalb-jahr die einzige Verbindung vom Festland nach Neu-werk und umgekehrt. Mehrmals tauchten die hohen Räder bis über die Achsen ins Wasser und Felix war froh, nicht zu Fuß unterwegs zu sein. Einmal schwankte der Wagen gefährlich und legte sich zur Seite, als eins der Räder im Schlick stecken blieb. Franziska klammer-te sich erschrocken an Felix und ließ ihn auch dann nicht mehr los, als die Pferde mit aller Kraft die Kut-sche wieder frei bekommen hatten. Schließlich wunder-te sich Franziska über den Weg, den die Kutsche nahm.

„Warum fahren wir in einem so großen Bogen durch das Watt nach Cuxhaven?" fragte sie die junge Kut-scherin.

„Wir fahren nicht nach Cuxhaven. Cuxhaven liegt dort links. Wir fahren nach Sahlenburg."

„Das kann nicht sein, unser Auto steht doch in Cuxha-ven. Was sollen wir in Sahlenburg?"

„Sie könnten dort essen gehen. Aber ich muss meine Route einhalten. Und heute ist Sahlenburg dran."

„Und wie kommen wir nach Cuxhaven?"

„Wie Sie wollen. Zu Fuß. Oder mit dem Taxi. Viel-leicht fährt ein Bus."

„Nun sind wir doch noch gewandert, wenn auch nicht durch das Watt", sagte Felix, als er mit Franziska erschöpft und glücklich nach einem langen Strandspa-ziergang in Cuxhaven angekommen war.

Und „Es war der schönste Hochzeitstag seit langem!" waren sich beide einig.

Felix und Franziska und Susis Umzug

Susi war Franziskas Schulfreundin gewesen, und ihr weiteres Leben hindurch hielten die beiden den Kontakt mehr oder minder aufrecht. Früher hatte Franziska Susi heimlich beneidet, um ihr bildhübsches Gesicht mit den dunklen Kulleraugen, um ihre langen blondgelockten Haare und um ihre an den richtigen Stellen gut proportionierte Figur. Susi zog Männer an wie Honig die Bienen, mal war sie mit dem Abkömmling eines arabischen Ölscheichs liiert, dann mit einem Londoner Börsenmakler, und ein Bildhauer mit äußerst markanten Gesichtszügen und wallender grauer Lockenpracht, immerhin eine lokale schleswig-holsteinische Berühmtheit, bildete noch lange nicht den Schluss ihrer Sammlung. Geheiratet hatte Susi nie, als Lehrerin war sie gleichermaßen beliebt bei Kindern und Kollegen, und die Ferien nutzte sie für ausgedehnte Reisen. In ihren Kleiderschränken hingen Saris aus Indien neben einem mexikanischen Poncho, sie hortete Dessous aus Paris, Pullover aus Lappland und original indianische Mokassins. Susis bunt schillerndes und abwechslungsreiches Leben endete jäh, als sie kurz vor ihrem sechzigsten Geburtstag einen Schlaganfall erlitt, worauf hin ihre linke Körperhälfte den Dienst verweigerte. Nun, da Susi auf einen Rollstuhl und auf Hilfe angewiesen war, erwies sich Franziska als wahre Freundin.

„Natürlich helfe ich dir bei deinem Umzug", versicherte sie, nachdem Susi eine ebenerdige Wohnung gefunden hatte, für die sie ihr Reihenhäuschen am Stadtrand von Kiel aufgeben wollte.

„Ich habe alles gut geplant". Susis Stimme klang optimistisch, offensichtlich konnte kein Schicksalsschlag den Mut dieser lebenslustigen Frau brechen. „Meine neue Wohnung hat zwar nur drei Zimmer, ist aber sehr geräumig, mit Terrasse. Sogar meine Einbauküche passt hinein, das habe ich schon ausgemessen. Und ein Keller ist auch dabei."

„Und wann geht der Umzug los?"

„Am übernächsten Montag, das ist der 25. Oktober, kommen die Packer, und am 26. Oktober ist der Umzug. Mittwochs wird die Küche installiert, und wenn du so lieb bist und für mich auspackst und die Schränke einräumst, dann wird wohl bis zum Wochenende alles fertig sein."

Franziska bestand darauf, schon montags beim Einpacken zu assistieren und versprach, belegte Brötchen mitzubringen. Pünktlich um acht Uhr früh traf sie bei Susi ein und sah zwei kräftige junge Männer Stapel von Umzugskartons ins Haus schleppen.

„Schön, dass du da bist", meinte Susi fröhlich. „180 Kartons haben die beiden mitgebracht, obwohl ihr Chef nur 120 kalkuliert hatte. 50 alte Umzugskartons liegen noch im Keller, und stell dir vor, meine Weihnachts- und Osterdekorationen sind schon verpackt, das haben am Sonnabend meine Kartenschwestern für mich erledigt. Dafür ist das Canastaspielen ausgefallen."

Den restlichen Tag rannte Franziska treppauf und treppab, sah zu wie mit rasanter Geschwindigkeit Susis kompletter Hausrat in Seidenpapier gewickelt und in Umzugskisten gestapelt wurde, und bewahrte nach Rücksprache mit ihrer Freundin das ein oder andere völlig unbrauchbare oder defekte Teil vor den Kartons und schleppte es vors Haus, wo sie es je nach Größe in der Mülltonne versenkte oder zu einem ansehnlichen Haufen Sperrmüll stapelte. Franziska stellte fest, dass Susi sich schlecht trennen konnte. Für jedes noch so überflüssige Utensil fiel ihr eine Verwendungsmöglichkeit ein. „Ach, das ist ja Peterle! Der stand schon bei meinen Eltern im Vorgarten, ich wusste gar nicht, dass es ihn noch gibt. Der kommt auf meine Terrasse." Und schon war Gartenzwerg Peter trotz angeschlagener Nase vor dem Sperrmüll gerettet.

In der Mittagszeit, während die beiden Packer gemeinsam mit Susi einen großen Teller Wurst- und Käsebrötchen vertilgten, schnappte sich Franziska Schrubber und Eimer und machte sich auf, Susis neue Wohnung zu feudeln. Schließlich sollten die Möbel und Teppiche am nächsten Tag saubere Fußböden vorfinden. Die Wohnung, nah am Park gelegen, war für Franziska ein Schock. In Wohnzimmer, Schlafzimmer und den - wenn auch geräumigen - Abstellraum würden niemals Susis Möbel hineinpassen. Franziska dachte an den 16türigen Kleiderschrank in Susis Ankleidezimmer, an die ungezählten Meter Reiseliteratur auf diversen Bücherregalen, an Vitrinen und Tischchen voller Nippes aus aller Welt, und sie hoffte auf einen riesengroßen Keller.

Schließlich hatten sich schon in Susis jetzigem Keller die Relikte von rund drei Jahrzehnten angesammelt und würden bis zum Abend komplett verpackt sein. Wohin damit? Franziska befürchtete, dass zu der neuen Wohnung nicht mehr als ein üblicher kleiner Kellerraum gehörte, und sie sollte Recht behalten.

„Glaubst du tatsächlich, dass all deine Sachen in die neue Wohnung passen?" Franziska biss in ein übrig gebliebenes Brötchen und schaute Susi fragend an. Die gab sich ein bisschen beleidigt.

„Natürlich passt alles. Das habe ich mir schließlich genau überlegt. Ein Teil vom Kleiderschrank und ein Kellerregal kommen in den Abstellraum, ein Bücherregal in die Nische im Flur, und für meine mexikanischen Figuren, die hier auf der Fensterbank standen, habe ich mir extra diesen kleinen Glasschrank gekauft. Du hast ja gesehen, Fensterbänke gibt es in der neuen Wohnung nicht mehr, da gehen große Türen nach draußen auf die Terrasse."

Franziska dachte an die Fensterwand mit dem beruhigenden Ausblick auf hohe Bäume und ahnte Böses.

Möbel konnte man an diese Wand schließlich nicht stellen!

Nach zwölf Stunden Arbeit waren 230 Kartons gepackt und die beiden jungen Männer am Ende ihrer Kräfte.
„So viele Sachen finden wir normalerweise bei zwei vierköpfigen Familien vor", sagte der eine zu Franziska, als er sich in den wohlverdienten Feierabend verabschiedete, „aber niemals bei einer einzigen Person. Wir hatten zehn Kleiderkisten dabei und die haben nicht gereicht, fünf Stück mussten nachgeliefert werden. Das haben wir noch nicht erlebt!"

Bis in den späten Abend hinein stand Franziska in ihrer Küche. Felix half beim Schnippeln von Kartoffeln, Zwiebeln, Eiern und Gurken für riesige Mengen Kartoffelsalat, und Dutzende Frikadellen brutzelten in mehreren Pfannen auf dem Herd. Schließlich sollte am nächsten Tag für das leibliche Wohl der Umzugsleute gesorgt sein.

Gleichzeitig mit Franziska, mit Frikadellen und Kartoffelsalat, rückten die in der Frühe zu fünft mit ihrem Möbelwagen bei Susi an und erkundigten sich nach einem Rundgang durchs Haus, ob wirklich alles umgezogen werden müsse.
„Natürlich! Was glauben Sie denn? Dieses Haus ist ab morgen neu vermietet, es muss komplett leergeräumt werden!"

Susis Optimismus war nicht zu erschüttern. Die großen und kräftigen Männer spuckten symbolisch in die Hände und machten sich ans Schleppen. Bis zum Mittag war der Möbelwagen voll, Susis Haus aber noch lange nicht leer.

Nachdem in Windeseile Berge Kartoffelsalat und Frikadellen in den Mägen der hungrigen Arbeiter verschwunden waren, verfrachtete Franziska erst Susi und dann deren Rollstuhl ins Auto und fuhr dem Möbelwagen voraus zur neuen Wohnung. Susi genoss eine hindernisfreie Fahrt durch ihre leeren Räume, bevor sich Wohn- und Schlafzimmer in ein Möbellager verwandelten.

„Den großen Bauernschrank bitte an die linke Wand, die Couchgarnitur vor das Fenster und den Sekretär hier an diese Seite. Nein, jetzt bleibt nicht genug Platz für die Essecke. Den Bauernschrank lieber weiter nach links, den Sekretär daneben. Nein, so geht es auch nicht. Der große Teppich müsste längs statt quer liegen und das Sofa gegenüber dem Fenster stehen. Aber jetzt passt es mit dem Fernsehapparat nicht mehr. Und wo soll mein Biedermeiertisch mit den antiken Vasen hin? Und wo die neue Glasvitrine für die Figuren aus Mexiko?"

Franziska sah, wie sich Susis Gelassenheit verflüchtigte und einer ausgewachsenen Panik Platz machte. Die Freundin war den Tränen nahe, als ihr klar wurde, dass sie auf einige ihrer geliebten Möbelstücke würde verzichten müssen. Kurz entschlossen dirigierte Franziska die Schar der Arbeiter, bis Sofa, Schrank, Esstisch und Fernseher einen vernünftigen Platz gefunden hatten. Die Nische im Flur fasste nur zwei Drittel des Bücherregals und im Schlafzimmer ließ sich knapp die Hälfte des Kleiderschranks aufbauen. Was nicht in den Abstellraum passte, wanderte auf den Sperrmüll. Wenigstens die Küche war groß genug, um vom Herd bis zur Spülmaschine alles unterzubringen.

Mit der zweiten Fuhre zog ein rundes Dutzend Kübelpflanzen für Susis Terrasse um.
„Wir hatten schon befürchtet, die Pflanzen passten nicht mehr alle in unseren Wagen hinein", vertraute der Fahrer Franziska an, „aber es ist nicht viel daran kaputtgegangen." Franziska gab sich Mühe, Oleander, Hibiskus, Hortensien und Buchsbaum so zu arrangieren, dass die abgeknickten Zweige nicht zu sehen waren. Sie schaffte es gerade noch, von der Terrasse zurück ins Wohnzimmer zu gelangen, bevor die Kartonberge vor den großen Glastüren zu einem unüberwindlichen Hindernis angewachsen waren.
In Wohn- und Schlafzimmer wurde es zusehends dunkler, und auch im Flur türmten sich mittlerweile die Kartons. Susi mühte sich, einen Durchgang für ihren Rollstuhl frei zu halten, gab Anweisung, wo welche Lampe aufzuhängen sei, schließlich wolle sie Licht haben, wenn schon die Fenster durch Umzugskisten zugebaut würden, und sie schickte Franziska in den

Keller. Der Weg zu Susis Keller glich einem Slalom um Kartonstapel, der Keller selbst war bis zur Decke so vollgepackt, dass sich die Türe nicht mehr schließen ließ. Sollte hier jemand irgend etwas klauen, dann bin ich ihm dankbar, dachte Franziska. Sie zählte mehr als fünfzig Kartons in dem engen Gang und hoffte, dass vorläufig keiner der übrigen Hausbewohner auf die Idee käme, in seinen Keller hinabzusteigen. Es war ein vergeblicher Wunsch.

„Was ist denn hier los?" Graue Dauerwellen erschienen zwischen gekälkter Wand und brauner Pappe, ächzend schob sich eine wohlbeleibte Person hinterher. „So kann das aber nicht bleiben, ich muss meine Kellertür aufmachen können!"

„Entschuldigung, einen Moment bitte!" Franziska rückte und hob, drückte und zog, räumte mit viel Mühe eine Kellertür frei und sah zu, wie die Gutgenährte kurz darauf mit einem Korb voller Bierflaschen und mehreren Chipstüten die Treppe hoch watschelte. Etwas weniger Kalorien würden hier nicht schaden, dachte Franziska, versprach aber, dass so schnell wie nur irgend möglich der Kellergang geräumt würde.

„Wir haben ein Problem." Franziska klang erschöpft. „Der Keller muss leer werden."

„Ich habe viele Probleme", entgegnete Susi verzweifelt. Die Mitarbeiter des Umzugunternehmens waren abgerückt, die Möbelteile, für die kein Platz war, hatten sie für den Sperrmüll mitgenommen, und die neue Glasvitrine war in Franziskas Auto verstaut worden, um zunächst einmal einen Platz in deren Heim zu finden.

„Ich habe viel zu viele Sachen, und ich weiß nicht wohin damit." Susis Blick wanderte über Berge von Pappkartons.

„Wir könnten einen großen Teil ausrangieren und jemandem geben, der damit auf den Flohmarkt geht", schlug Franziska vor.

„Wahrscheinlich bleibt mir nichts anderes übrig." Susi ergab sich in ihr Schicksal. „Hast Du keine Lust auf Flohmarkt? Dir würde ich den ganzen Kram noch am liebsten geben."

„Um Himmels Willen! Nein!" Franziska kannte sich und sie kannte Felix. Felix und Franziska auf dem Flohmarkt? Sie würden mehr bei anderen einkaufen, als sie selbst verkaufen könnten. Nicht nur Susi konnte sich schlecht trennen!

„Du könntest bei deinen Bekannten anrufen, Susi, vielleicht findest du jemanden. Es muss schnell gehen, damit es keinen Ärger mit den übrigen Hausbewohnern gibt. Im Moment kommt niemand in seinen Keller, ohne deine Kartons hin und her zu rücken."

„Ich werde mein Bestes tun", seufzte Susi.

„Es hat geklappt." Am nächsten Morgen begrüßte eine wieder fröhlicher gestimmte Susi Franziska und ihren

Felix, der als Unterstützung zum Tragen der Kartons mitgekommen war.

„Eine Freundin von meiner Kusine kommt heute Nachmittag vorbei und holt alles ab, was ich nicht mehr brauche, um damit auf den Flohmarkt zu gehen. Aber achtet bitte darauf, dass meine Weihnachtsmänner und Nussknacker aus dem Erzgebirge nicht weggegeben werden, und auch nicht meine alten Kugeln und Sterne und meine selbstbemalten Ostereier aus Holz. Das Fondue und den Tischgrill brauche ich vielleicht auch noch mal, den Römertopf und die Backformen könnte ich hier in der Küche unterbringen und - "

„Wir passen schon auf, das nichts Wertvolles weggegeben wird", unterbrach Franziska den Redefluss, und während in Susis Küche die Handwerker bei der Arbeit waren, schaute sie zusammen mit Felix im Keller in jeden Karton, sortierte, rangierte aus, fand alles von löchrigen alten Gartenschuhen über Dosen mit vertrockneten Farbresten bis hin zu Susis geliebter Weihnachtsdekoration. Davon gab es nicht weniger als 15 Umzugskisten voll, die von Franziska rigoros auf fünf reduziert wurden, und das, so meinte sie zu Felix, sei immer noch mehr als ein Mensch irgendwohin schmücken könne. Dabei blieb Franziska hart gegen sich selber und hart gegen Felix, erinnerte daran, dass kein Lastwagen zur Verfügung stünde und dass auch in ihrem Keller der Platz begrenzt sei, obwohl, zugegebenermaßen, das meiste von Susis Sachen brauchbar und nützlich wäre. Dreimal musste Felix zum Baumarkt fahren, um erst einen neuen Wasserhahn, dann extra lange Schrauben und schließlich Umleimer für die neue Küchenplatte zu kaufen. Die Zeit nutzte Franziska, um einiges von dem von Felix für sich selbst aussortierten Werkzeug, Gartenartikeln, Putzmitteln und Malerutensilien wieder in den diversen Kartons zu versenken. Schließlich schleppte Felix rund 60 Kartons mit Flohmarktware vor die Haustür, wo schon die Freundin der Kusine mit ihrem Transporter bereitstand, und belud dann sein eigenes Auto mit Sonder- und Restmüll, um damit zur Kieler Deponie zu fahren.

Am späten Nachmittag tauchten Felix und Franziska endgültig aus dem nun wieder begehbaren Keller auf, mit verwuschelten Haaren, verstaubt und verschwitzt.

„Ich habe Döner kommen lassen, bedient Euch!"
Susi saß mit den beiden Handwerkern am Esstisch, auf dem neben den Tellern mit Döner gefährlich hohe Stapel von Bildern lagen, die irgendwann an die Wände gehängt werden wollten. Franziska sah noch viel Arbeit auf sich und Felix zukommen und beschloss, sich erst einmal zu stärken.
„Die Jungs hier sind klasse", erklärte Susi kauend.
„Ich hatte die Küchenplatte falsch bestellt, sie war ein bisschen zu kurz geraten, aber die beiden haben alles so hin getrickst, dass man nichts davon sieht. Nun

muss ich nur noch ein kleines Regal kaufen, das die Lücke zwischen Wand und Schank ausfüllt."

Franziska tat es Leid um das viele Geld, das Susi hätte sparen können, wenn sie vor ihrem Umzug vernünftig ausrangiert, sortiert und gemessen hätte.

„Ich habe doch noch ein Problem!" Susi empfing Franziska am nächsten Morgen mit einer neuen Hiobsbotschaft.

„Zwei Nächte habe ich nun hier in meinem Bett geschlafen, aber es geht so nicht. Das Bett steht falsch herum, ich komme nur mühsam hinein und wieder heraus, wir müssen Bett und Schrank vertauschen."

„Wer, wir?" Franziska sah Komplikationen auf sich zukommen. Sie kannte Felix' Fähigkeiten als Heimwerker, es gab so vieles, was er besser konnte und lieber machte als schrauben oder nageln! Aber nun blieb es ihm nicht erspart, Felix wurde zu Hilfe gerufen. Nach einer Krisensitzung im Schlafzimmer mit Ausmessen, Aufzeichnen und viel Hin- und Herüberlegen stand fest, dass Schrank und Bett sich nicht einfach vertauschen ließen. Mal war das riesige Fenster im Weg, mal die Tür, und die großen Kleiderkisten mussten sowieso vorübergehend im Flur Platz finden. Schließlich bauten Felix und Franziska mit viel Ächzen und Stöhnen den Schrank auseinander, stellten das Bett zwischen die beiden Teile und das Ergebnis konnte sich sehen lassen. Susis Freude wurde nur durch die Tatsache getrübt, dass ihr ohnehin bereits reduzierter Schrankraum noch einmal um zwei Türen verkleinert worden war, und Franziska dachte mit Schrecken an die riesige Menge Kleidung, die verstaut werden musste.

„Soviel Klamotten habe ich gar nicht mehr", meinte Susi, „Ich habe vor dem Umzug vieles für Wanda, meine polnische Putzhilfe, ausrangiert."
„Du hast immer noch viel zu viel! In die Schränke räume ich nur, was du aktuell trägst und was dir passt."
Energisch packte Franziska Kiste für Kiste und Karton für Karton aus. Susis Leben spiegelte sich in einem rasch anwachsenden Kleiderhaufen wider, da stapelten sich Bikinis, Cocktailkleider, Hosenanzüge, Röcke, Blusen und Pullover aus längst vergangenen Zeiten. Sogar ein Skianzug war dabei, den Susi niemals getragen hatte.
„Wir wollten nach St. Moritz, mein arabischer Prinz und ich, aber dann habe ich diesen aufregenden Franzosen kennen gelernt, er hieß Marcel und war Zirkusartist..."

„Zweimal bin ich mit unserem Auto voller Sachen zur Kleiderkammer der Caritas gefahren", erzählte Franziska ihrem Felix, als sie sich spät abends in ihr gemütliches Bett kuschelten. „An manchen Teilen hingen noch die Preisschilder. Susi hat eingekauft und dann in ihrem riesigen Schrank nichts mehr wieder gefunden. Und nun ist ihr vieles zu eng geworden oder hoffnungslos unmodern. Aber sie hat immer noch mehr zum Anziehen als wir beide zusammen."

„Warum musst du allein alles für sie auspacken", wollte Felix mit leisem Unmut in der Stimme wissen, „können nicht ihre Kartenschwestern oder die Kusine mithelfen?"

„Die kommen am Wochenende zu Susi, entweder sind sie noch berufstätig oder passen auf die Enkelkinder auf, damit ihre Kinder arbeiten gehen können." Franziska gähnte und rückte ihr Kopfkissen zurecht.

„Ich habe Susi klar und deutlich gesagt, dass sie ihr Geld anstatt für Kleidung in Zukunft lieber für die Unterstützung ihrer Putzfrau Wanda ausgeben soll."

Trotz Hilfe von verschiedenen Seiten sollte es noch vierzehn Tage dauern, bis Susis Wohnung fertig eingerichtet, bis der letzte Nagel für das letzte Bild eingeschlagen und das letzte Buch ins Regal gestellt worden war. Noch eine ganze Wagenladung voll Kartons für den Flohmarkt waren von der Freundin der Kusine abgeholt und säckeweise Papiermüll von Franziska entsorgt worden. Nun saßen Felix und Franziska mit Susi in deren Wohnung zusammen und labten sich an dem Champagner, den Susi spendiert hatte.

„Wie kann ich euch nur danken? Franziska, du bist mit Gold nicht zu bezahlen. Ohne deine Energie säße ich hier immer noch im Chaos zwischen Pappkartons!"

„Ich habe von dir einiges fürs Leben gelernt", wehrte Franziska jeden Dank ab.

„Vor allem weiß ich jetzt, dass wir uns rechtzeitig von vielen Dingen trennen müssen, sollten wir jemals von unserem Haus in eine kleinere Wohnung umziehen." Franziska trank einen Schluck Champagner, schaute durch die Terrassentüren auf die hohen Bäume, die ihr letztes buntes Laub fallen ließen und fuhr nachdenklich fort: „Eigentlich könnten wir jetzt schon auf das ein oder andere verzichten. Ich denke da an das alte Kaffeeservice meiner Großmutter oder an das blaue Essgeschirr von meinen Eltern. Wir benutzen diese Teile nicht, und ein anderer würde sich vielleicht daran freuen."

„Eine gute Idee", kommentierte Felix. „Dann wäre doch Platz in unserem Schrank für die original schotti-schen Whiskybecher mit passender Karaffe, die ich neulich bei unserem Stadtbummel entdeckt habe. Und neue Rotweingläser mit schönen großen Kelchen könnten wir dann auch gleich kaufen!"

„Du bist unverbesserlich!" lachte Franziska und drückte ihrem Felix einen dicken Kuss auf die Stirn.

Felix und Franziska in der Sauna

Felix nieste. Felix hustete. Felix wurde seine Erkältung nicht los.

„Kein Wunder", schimpfte er, während er aus dem Fenster schaute und zusah, wie graue Wolkenfetzen über den Himmel jagten, „hier gibt es schließlich nur drei Jahreszeiten: Herbst kommt, Herbst, Herbst geht!"

Franziska war gerade zur Haustür herein gekommen, schüttelte sich und hängte den feuchten Regenmantel an die Garderobe.

„Herrlich ist es draußen!" Sie strahlte Felix an. „Von wegen nur drei Jahreszeiten! Ein Spaziergang an der Förde ist bei jedem Wetter schön. Die Regentropfen auf das Wasser prasseln zu sehen und den Wind im Gesicht zu spüren macht genauso viel Spaß wie im Sommer bei Sonnenuntergang den Segelbooten nachzuschauen. Wenn sich dann das Abendrot im Meer spiegelt, der Himmel von azurblau über violett bis jadegrün changiert - "

„Hatschi!" Felix lautes Niesen unterbrach Franziskas romantische Sommerträume.

„Du Armer", Franziska war voller Mitleid, drückte ihrem Felix einen Kuss auf die Stirn und versorgte ihn umgehend mit Nasentropfen, Lutschtabletten gegen Halsweh und Hustenbonbons, die sie aus der Apotheke mitgebracht hatte.

Gegen Abend kamen Peter und Julia auf ein Bier vorbei und bedauerten Felix, der in eine warme Decke gewickelt auf dem Sofa schniefte und hustete.

„Warum geht ihr nicht regelmäßig mit uns in die Sauna?" fragte Peter wie schon so oft, obwohl er die Antwort kannte. „Sauna tut gut, Sauna härtet ab, ich garantiere dir, Felix, wenn du jede Woche in der Sauna schwitzt, wirst du deine ständigen Erkältungen los und kommst gesund durch den nächsten Winter."

„Gesund durch die nächste Woche zu kommen, würde mir schon reichen", röchelte Felix, „aber Sauna, ich weiß nicht..."

„Ich jedenfalls weiß, warum ihr nicht mit in die Sauna kommen wollt, ihr seid einfach zu prüde. Im Sommer traut ihr euch auch nicht, mit uns an den FFK-Strand zu gehen, obwohl es herrlich ist, so ganz ohne Badezeug zu schwimmen, in der Sonne zu liegen oder nach bunten Steinen und Muscheln zu suchen."

„Also, wenn ich mir all die Nackten vorstelle, wie sie sich nach den bunten Steinen und Muscheln bücken", trat Franziskas Fantasie in Aktion, „auf den Anblick kann ich verzichten!"

„In der Sauna gibt es weder Muscheln noch Steine, da braucht sich niemand zu bücken."

„Es könnte ein Handtuch auf den Boden fallen", gab Felix zu bedenken.

Doch schließlich waren weder er noch Franziska an diesem Abend den Überredungskünsten von Peter und Julia gewachsen. Mit einer Runde Köm wurde bekräftigt, dass nach Felix' Genesung ein gemeinsamer Saunabesuch stattfinden sollte.

„Wir fahren nach Kaltenkirchen, da gibt es eine wunderschöne Saunalandschaft, ihr werdet staunen", kündigte Peter an, als er und Julia die Freunde an einem sonnigen Vormittag in ihr Auto verfrachteten.

Fest in ihre Bademäntel gewickelt, große Handtücher über dem Arm und mit extra neu gekauften Gummischlappen an den Füßen staunten Felix und Franziska tatsächlich. Sie durchquerten ein großes Freizeitbad, durchschritten eine Sesam-öffne-dich-Tür und tauchten ein in ein Ambiente, das irgendwo zwischen Orient und Südsee angesiedelt war. Zauberhafte Mosaiken, Marmorsäulen, Brunnen, Bade- und Tauchbecken, gedämpftes orangefarbenes und blaues Licht wie aus tausendundeiner Nacht, gemütliche Sitzecken, leise Musik, eine kleine von Palmen umsäumte Bar, die zum Bier einlud, Franziska und Felix schauten sich fasziniert um. Und kein Nackter! Genau wie sie selber waren die zu dieser Tageszeit noch spärlichen Saunagäste sämtlich in Bademäntel gehüllt.

Peter schlug vor, mit der Dampfsauna zu beginnen. „Da drin ist es nicht so heiß, und vor lauter Dampf sieht keiner irgend etwas", machte er Felix und Franziska Mut, die verschämt aus ihren Bademänteln und hinein in den warmen Dampf schlüpften. Kaum hatten sie sich auf angenehm temperierten Marmorbänken unter einer durch die wabernden Schwaden kaum zu erkennenden Mosaikkuppel ausgestreckt, als die Tür aufging und ein junger Bademeister Töpfchen herumreichte, deren öliger, mit Meersalz versetzter Inhalt auf die Haut gerieben werden und die Schönheit fördern sollte. Franziska schnupperte, roch frische Meeresbrise und begann eifrig ihre Arme und Beine zu bearbeiten. Sie cremte und rubbelte, schließlich bekamen auch Nase und Kinn einen Klacks von der wohltuenden Substanz ab, den Rest, so beschloss sie, könnte Felix auf ihrem Rücken verteilen. Durch wogenden Dampf hindurch reichte sie dem neben ihr hockenden Felix das Töpfchen, drehte ihm ihre Kehrseite zu und wurde sofort energisch massiert.

„Felix, ich habe ja nicht geahnt, dass du so ein guter Masseur bist", seufzte sie und dehnte sich wohlig.

„Ich bin zwar ein guter Masseur, aber ich bin nicht Felix", ertönte eine fremde Männerstimme hinter ihr, und mit einem entsetzten Schrei sprang Franziska auf. Zwei Hände griffen nach ihr, die nun wirklich zu Felix gehörten, der auf ihrer anderen Seite gesessen und den sie in den dichten Dampfwolken nicht gesehen hatte.

„Den nächsten Saunagang machen wir ohne Dampf", entschied Peter, nachdem Franziska sich von ihrem Schrecken erholt und über die Verwechslung geschmunzelt hatte.

„Und ihr braucht keine Bedenken zu haben, dass euch jemand anguckt, die meisten Saunabesucher sind schließlich nicht mehr jung und sehen ohne Brille nicht viel." Franziska fand es entschieden vorteilhaft, ohne Brille in der „Südseesauna" zu schwitzen, blieben doch auch ihr auf diese Weise die Details der nicht mehr ganz so knackigen Körper erspart. Als sie nach einigen Minuten in der „Südsee" das Gefühl hatte, die hohe Temperatur nun wirklich nicht länger ertragen zu können, erscholl der Ruf „Aufguss", und der Bademeister erschien mit einem Holzzuber und einem Tablett voller kleingeschnittener Früchte. Während Orangen- und Melonenstücke herumgereicht wurden, verdampfte reichlich aromatisierte Flüssigkeit aus dem Zuber auf dem Ofen, der Maracujaduft wurde mittels einem gekonnt geschwungenen Handtuch den Saunagästen als heißer Wind um die Köpfe geschleudert, und als der Bademeister seine Kür beendet hatte und die Südsee-Hütte verließ, stürzten Felix und Franziska ihm hinterher.

„Die Rallye Paris-Dakar ist nichts gegen diesen Südsee-Wind", stöhnte Felix, stellte sich mit Genuss unter den Strahl einer eiskalten Dusche und tauchte dann mutig in die Fluten des Badebeckens. Dass er dabei splitternackt war, hatte er völlig vergessen.

„Drei Saunagänge sollten für dieses erste Mal genug sein", meinte Peter. „Wir wollen euch nicht zu sehr strapazieren und gehen zum Abschluss in die Meditationssauna."

„Schau mal, wie auf einem Gemälde von Rubens", raunte Franziska ihrem Felix zu, als sie diese Sauna betraten, auf deren geschwungenen Holzbänken mehrere ebenso üppig geschwungene Körper ausgebreitet lagen. Felix und Franziska taten es ihnen nach und machten es sich auf ihren Handtüchern so bequem wie möglich. Sphärische Musik erklang und orientalische Düfte schwebten durch den Raum. Eine sanfte Stimme erzählte von einer Reise mit den Wolken über Inseln und Meer. Franziska dachte an den Sonnenuntergang über der Kieler Förde und an Segelboote im Abendrot. Die Musik lullte sie ein, es war angenehm warm, wo kamen nur auf einmal diese Schnarchgeräusche her? Da hörte sie ein leises Lachen, ihre Freundin Julia. Franziska setzte sich auf und schaute zu Julia hinüber, die vergeblich versuchte, ihr Kichern zu unterdrücken. Das sägende Geräusch übertönte inzwischen die leise Musik, es war Felix, der mit offenem Mund laut schnarchte!

„So gut habe ich mich selten gefühlt!" Felix ließ sich wohlig erschöpft in Peters Auto fallen.

„Ich glaube, wir sind Sauna-Fans geworden", bekannte Franziska auf dem Rückweg nach Kiel, „ich hätte nie gedacht, dass es soviel Spaß macht, zu schwitzen!"

Felix und Franziska in Istanbul

Trist und grau hatte der November in Kiel Einzug gehalten.

„Hör mal, Felix", meinte Franziska, schaute von der Lektüre der ‚Holsteiner Nachrichten' auf und spülte den letzten Bissen ihres Frühstücksbrötchens mit einem Schluck Kaffee herunter, „hier gibt es ein Sonderangebot, vier Tage Istanbul zum Schnäppchenpreis. Da waren wir noch nicht."

„Hmmm, an vielen Orten waren wir noch nicht", murmelte Felix unwillig, las er doch gerade im Sportteil der Zeitung die ausführliche Berichterstattung von Schumis letztem Sieg in Singapur.

„Sicherlich scheint jetzt in Istanbul die Sonne", seufzte Franziska sehnsüchtig und warf einen Blick durchs Küchenfenster auf den norddeutschen Nieselregen.

„Wir könnten dort schon für Weihnachten einkaufen. Lederwaren und Gold sind in der Türkei besonders günstig."

„Schuhe und Handtaschen hast du doch schon genug, und auch eine Menge Schmuck." Felix hielt das Thema für beendet und kehrte zum Autorennen in der Zeitung zurück.

Aber Franziska ließ nicht locker.

„Eine Frau kann nie genug Schuhe und Handtaschen haben, und erst recht nicht genug Schmuck", dozierte sie. „Was die Reise kostet, das würden wir beim

Einkaufen sparen. So gesehen, Felix, könnten wir umsonst für vier Tage nach Istanbul fliegen!"
Über den Zeitungsrand hinweg schaute Felix in Franziskas himmelblaue Augen. Ihrem Strahlen, verbunden mit Franziskas weiblicher Logik, hatte er noch nie widerstehen können. Also murmelte er seine Zustimmung, was zur Folge hatte, dass Schumis Sieg in der Kaffeetasse landete, als Franziska ihn stürmisch umarmte und einen dicken Kuss auf seine hohe Stirn drückte.

Istanbul empfing Felix und Franziska mit Regen, und wärmer als in Kiel war es auch nicht. Die beiden schauderten, als sie aus dem Flieger stiegen und zur Ankunftshalle hinüber laufen mussten. Dort herrschte völliges Chaos, sie hielten sich an den Händen und versuchten, durch das Gewimmel der vielen Menschen aller Nationen und aller Couleur zu den Laufbändern mit den Koffern vorzustoßen.
„Hier sind wir nicht mehr in Europa", stöhnte Felix, „das ist offensichtlich orientalischer Standard."
Am dritten Laufband wurden sie schließlich fündig. Felix zerrte ihren blau-roten Koffer, Marke ‚Aldi', unter einem riesigen schmutziggrauen Segeltuchpaket und mehreren gutverschnürten Pappkartons hervor.
„Jetzt aber raus hier!" In der einen Hand den Koffer, an der anderen Franziska, strebte Felix dem Ausgang zu. Der führte die beiden in die nächste Halle, wo eine riesige Menge Menschen in langen Schlangen vor dem

Zoll anstand. Nun hieß es Geduld haben. Es verging fast eine Stunde, bis Felix und Franziska zu einem der Zollbeamten vorgerückt waren. Der bedeutete ihnen, den Koffer zu öffnen, und schaute in zwei völlig entgeisterte Gesichter, als statt der erwarteten ordentlich gefalteten Hosen, Hemden und Blusen ein Durcheinander von zerschlissenen Jeans, bunt bedruckten T-Shirts und Turnschuhen auftauchte.

„Das ist nicht unser Koffer", Franziska schnappte nach Luft.

„Warum hast du nicht auf den Adressenanhänger geachtet, Felix?"

„Du hast ja auch nicht daran gedacht! Offensichtlich haben noch mehr Leute zwischen Kiel und Hamburg ihren Koffer bei Aldi gekauft. Jetzt müssen wir zurück zu den Laufbändern."

Felix klappte den Kofferdeckel zu, machte eine entschuldigende Geste zu dem Zollbeamten hin, schnappte seine Franziska und drängte mit ihr und dem fremden Koffer zurück durch immer neue Menschenmassen, die ihnen entgegen strömten. Plötzlich entfuhr Franziska ein Schrei: „Felix, schau mal!"

Und Felix schaute. Schaute an einer Gruppe tief verschleierter Orientalinnen vorbei auf einen jungen, offensichtlich türkischen Mann, der auf dem Boden vor einem geöffneten Koffer saß. Mit der einen Hand hielt der junge Türke Franziskas Lieblings-BH aus dunkelroter Spitze in die Höhe, in der anderen Hand hatte er das dazu passende Höschen. Mehrere Männer standen um ihn herum, redeten und lachten. Franziska riss sich los von ihrem Felix, schubste ein paar Menschen rechts und links zur Seite und stoppte abrupt vor ihrem Koffer. Ihr Kopf war hochrot, beinahe so rot wie ihr Lieblings-BH, verzweifelt versuchte sie sich an eine passende Redewendung aus ihrem Leitfaden ‚Türkisch für Touristen' zu erinnern, aber das einzige, was ihr einfiel, war ein empörtes „Cok güzel!"

Der junge Türke ließ Höschen und BH zurück in den Koffer fallen und lächelte Franziska freundlich an: „Sie haben recht, dies ist wirklich ‚cok güzel', sehr schön", sagte er in akzentfreiem Deutsch.

„Ich vermute, das hier ist Ihr Koffer." Er schloss den Deckel, stand vom Boden auf und reichte den Koffer der verblüfften Franziska.

„Kann es sein, dass Sie meinen Koffer haben? Es liegt wohl eine Verwechslung vor."

Franziska brachte kein Wort heraus, drehte sich nur hilflos zu Felix um, der dem jungen Mann eilig dessen Koffer samt Jeans, Turnschuhen und T-Shirts aushändigte.

Im Weggehen Richtung Zoll legte Felix den Arm um seine Franziska und drückte sie an sich.

„Weißt du, dass ich sehr stolz bin, nach so vielen Jahren immer noch eine gut aussehende Frau mit einer schönen Figur zu haben?"

Er küsste sie auf die hochroten Wangen und lachte.

„Die jungen Männer haben bestimmt eine höchstens Dreißigjährige erwartet, nach dem zu schließen, was sie in unserem Koffer gefunden haben!"

Nach einer erneuten Stunde Anstehen vor dem Zoll und einer abenteuerlichen Taxifahrt durch Istanbul, eine Stadt, in der der Verkehr wie in einem Hexenkessel tobte, erreichten Felix und Franziska ihr Hotel ‚Büyük Palace'. Die Rezeption war in einer Eingangshalle untergebracht, in der es von Gold, Marmor, edlen Teppichen und Kristall nur so blinkte. Felix wandte sich an eine der hübschen jungen Türkinnen hinter dem Tresen aus schwarzem Granit, nannte seinen Namen und fragte nach der Zimmernummer.
„Bidaka, einen Augenblick bitte", auch hier wurde fast akzentfreies Deutsch gesprochen.
Die junge Frau schaute auf einen Bildschirm und sagte dann: „Wir haben leider ein kleines Problem. Bitte warten Sie ein paar Minuten."
Felix und Franziska hatten sich kaum in die üppigen weichen Sessel einer Sitzgruppe sinken lassen, als auch schon ein rotbefrackter Kellner erschien und ihnen Tee und Mineralwasser anbot. Franziska nahm dankbar ein winziges Glas mit starkem schwarzen Tee, wenige Minuten später ein zweites, dann ein drittes, beim vierten Glas des belebenden Getränks beratschlagte sie mit Felix, was zu tun sei, wenn es kein freies Zimmer für sie gäbe. Beiden fiel keine vernünftige Lösung für dieses Problem ein, aber bevor ihre

Stimmung den Nullpunkt erreichte, eilte die hübsche junge Türkin von der Rezeption herbei, händigte ihnen zwei Schlüsselkarten aus und sagte:

„Aufgrund der Buchungssituation geben wir Ihnen eines unserer De-Luxe-Zimmer in der 15. Etage, selbstverständlich ohne Aufpreis. Frühstück erhalten Sie zwischen sieben und elf Uhr. Wir wünschen Ihnen einen schönen Aufenthalt, Ihr Gepäck ist schon auf Ihr Zimmer gebracht worden."

Zum zweiten Mal an diesem Tag erlebte Felix seine Franziska völlig sprachlos, was er gar nicht von ihr kannte. Das Zimmer entpuppte sich als Suite, ein kleiner Eingangsraum mit einem Diwan und Messingtischchen, dann ein Flur, von dem ein hochelegantes Bad mit Marmor und Mahagoni abging, und schließlich das überaus elegante Schlafzimmer mit bodentiefen Fenstern, die einen grandiosen Blick über die riesige Stadt bis zum Meer hin boten.

Nach einem hervorragenden Fischbuffet zum Abendessen genehmigten sich Felix und Franziska noch einen Drink aus ihrer Zimmerbar, dann schliefen sie tief und traumlos einem sonnigen Morgen entgegen.

„Felix, schau mal, da hinten ist die Galata-Brücke, und dort die Hagia Sophia." Franziska konnte sich nicht satt sehen an dem Panorama. „Und da drüben, das muss der Topkapi Palast sein."

114

„Und wenn du noch länger guckst, dann bekommen wir kein Frühstück." Felix dachte praktisch.

„Toll, dass heute die Sonne scheint, wir können eine Stadtrundfahrt machen und dann den Wellness-Bereich hier im Hotel genießen." Franziska hatte die Planung für den Tag schon fix und fertig.

„Aber erst wird gefrühstückt!"

Als der Bus sie am späten Nachmittag wieder vor ihrem Hotel absetzte, fühlten sich Felix und Franziska schwindelig von den Eindrücken der gewaltigen Stadt zwischen Orient und Okzident. Mehrere Museen, reich geschmückte Moscheen und prachtvolle Paläste hatten sie besichtigt, so dass sie völlig erschöpft waren. Da bot sich die Regeneration in der Badelandschaft des Hotels geradezu an. Ausgiebig planschten sie in einem ovalen Marmorbecken, wobei ihnen wasserspeiende Götter aus der Antike zuschauten, sie aalten sich im Dampfbad unter einer goldenen Mosaikkuppel, und schließlich fand Franziska, dass eine Massage jetzt genau das Richtige für ihre müden Glieder wäre. Ein kräftiger wohlbeleibter Türke mit riesigem Schnauzbart, ein buntgestreiftes Badetuch um die Hüften geschlungen und mit Gummischlappen an den Füßen, harrte im ‚Hamam' neben einem quaderförmigen Stein auf Kunden. Franziska gruselte es.

„Von dem lasse ich mich nicht anfassen", raunte sie Felix zu, „der hat ja Arme wie ein Gorilla! Ob es hier keine Frau für die Massage gibt?"

Eine Masseuse gab es nicht, und so war es der mutige Felix, der sich in die Arme des ‚Gorillas' begab. Er musste sich auf dem heißen Marmorquader ausstrecken und wurde mit einem rauen Handschuh abgeschrubbt, bis seine Haut glühend rot war. Dann glaubte er, sein letztes Stündlein hätte geschlagen, als der Türke mit breitem Grinsen begann, seinen gesamten Körper, von den Händen angefangen bis zu den Füßen, zu walken und zu kneten. Er fühlte sich wie ein Hefeteig, der in Form gebracht, breitgeklopft und wieder zurecht geformt wird. Nach Beendigung der Prozedur war Felix genauso nass geschwitzt wie sein Peiniger, der sich nun, als beide einträchtig nebeneinander auf dem Marmorstein saßen, mit seinem gebrochenen Deutsch als lustiger Gesprächspartner erwies.

„Du haben jetzt neue Mann", sagte er zu Franziska, die sich, in einen flauschigen weißen Bademantel aus ihrer De-Luxe-Suite gehüllt und gemütlich auf einer Bank ausgestreckt, nichts von Felix' Folter hatte entgehen lassen.

„Diese Abend wird sein wie Hochzeit. Dein Mann wird stark sein wie Bulle."

Dann vertraute der Masseur Felix an, dass er die Wirkung der Massage noch durch den Genuss von gegrillten Bullenhoden verstärken könne, die im Restaurant seines Bruders, gar nicht weit weg vom Hotel, ganz ausgezeichnet zubereitet würden. Und Franziska empfahl er, ein echtes Hamam zu besuchen, ein Badehaus, das die einheimischen Frauen regelmäßig zum Waschen aufsuchen. Seine Frau würde sie gerne mitnehmen. Diesem Vorschlag stimmte Franziska sofort begeistert zu, die Gelegenheit, Kontakt mit Istanbulerinnen zu bekommen, und das in einem Badehaus, konnte sie sich natürlich nicht entgehen lassen. So wurde die Verabredung für den nächsten Tag getroffen. Felix, dessen Lebensgeister langsam wieder erwacht waren, und der sich tatsächlich so fit fühlte wie schon lange nicht mehr, würde mit seinem neuen Freund („Ich heißen Mehmet, Mehmet morgen nix Massage") einen Bummel durch die Altstadt machen, während die Frauen ins Hamam gehen sollten. Lust auf Bullenhoden hatte Felix an diesem Abend nicht, dafür aber umso mehr auf seine Franziska, und nach einem Schlummertrunk in der Bar im obersten Stock des Hotels, mit Aussicht über die glänzenden Lichter der nächtlichen Stadt, genossen die Beiden den Komfort, den ihr breites, weiches Bett bot.

Vor dem Hoteleingang trafen Felix und Franziska am nächsten Nachmittag Mehmet und seine Frau („Das sein Haibibe, meine beste Stück!"), eine rundliche kleine Türkin mit pechschwarzen Locken, die Franziska gleich am Ellbogen fasste und radebrechte: „Ich nix viel sprech Deutsch. Du komm. Machen sauber!"
Einige hundert Meter schlenderten sie im Touristenstrom, zwischen hupenden Bussen und klickenden Fotoapparaten, dann bogen sie um zwei Ecken und befanden sich plötzlich in den stillen winkligen Gäss-

chen von Alt-Istanbul. Habibe machte Halt vor einer blau gestrichenen Holztür in einem unscheinbaren Haus, das sich nur durch die auf dem Dach flatternden Handtücher von den Nachbarhäusern unterschied. Sie betraten einen Umkleideraum mit einer umlaufenden Bank und Haken an den Wänden, in der Ecke saß eine strickende Türkin, die Habibes Obolus entgegen nahm und auf Kleidung und Wertsachen achtete. Als Franziska sich bis auf Hemd und Höschen ausgezogen hatte, wurde ihr bedeutet, dass es so gut sei. Habibe ging ihr voraus durch eine Tür, ein paar Stufen hinunter in den Baderaum. Und Rubens hätte es nicht besser malen können: ein dämmriges, dampfendes Gewölbe, voll mit dicken Leibern und runden Brüsten. Da saßen, hockten oder lagen sie, die Frauen, beleuchtet von ein paar Sonnenstrahlen, die durch die kleinen Fenster in der Kuppel fielen. Verschandelt wurde das Bild nur von Apfelsinenschalen, die überall herumlagen. Wer nicht gerade schrubbte, wusch oder massierte, der war mit Essen beschäftigt! Beim Anblick der enormen Bäuche, Brüste, Hintern und Schenkel holte Franziska tief Luft und folgte dann Habibe in eine der Nischen. Dort setzten sie sich auf eine gemauerte Bank, neben ihnen lief ständig heißes Wasser in ein flaches Becken. Jeder hatte ein Gefäß zum Schöpfen dabei, und nun wurde Franziska, immer noch in ihrer Unterwäsche, mit warmem Wasser übergossen. Alles dampfte, Boden und Wände waren angenehm temperiert, schließlich sollte Franziska ihr Hemd ausziehen, eine

118

Türkin klemmte sie in der Hocke zwischen ihre strammen Schenkel und begann, ihr den Kopf zu waschen. Während die eine schrubbte, dass Franziska um ihre Haare fürchtete, goss eine andere unermüdlich heißes Wasser über sie. Franziska begann, die Prozedur zwischen Schaum und Schenkel zu genießen, so gründlich war ihr noch nie der Kopf gewaschen worden! Anschließend wurde ihr gesamter Körper eingeschäumt, dann bekam sie einen Waschlappen aus Nesselstoff in die Hand gedrückt, um sich damit abzurubbeln. Eine alte, schwabbelige Badefrau in kurzen Hosen bearbeitete mit dem gleichen Handschuh ihren Rücken, bis Franziska glaubte, die Haut würde sich in Fetzen ablösen. Zwischendurch stand sie staunend an den Eingang ihrer Nische gelehnt und nahm das Bild der üppigen Türkinnen in sich auf. Ihr fiel auf, dass die Frauen keine Haare am Körper hatten. Die Schamgegend war bei allen zwar züchtig verdeckt, entweder mit irgendeinem Kleidungsstück oder von selbst in der hockenden Stellung unter Fettmassen verborgen. Trotzdem, Franziska linste mit neugierigen Blicken in intime Bereiche, da wuchs nichts. Sie überlegte hin und her und beschloss, zu fragen. Inzwischen war auch ihr bedeutet worden ‚Hose aus'. Sie wusch sich, deutete dann auf ihre Haarpracht und wollte wissen, warum bei den anderen da nichts war. Von einer Badefrau, die etwas Deutsch sprach, erfuhr sie, dass die Frauen im Islam keine Haare am Körper haben dürfen.

„Man kocht einen Brei aus Zucker und Zitronensaft, schmiert es drauf und wenn es hart geworden ist - ratsch - für zwei Monate ist alles weg!"

Nach drei Stunden schwitzen, massieren, waschen und schrubben war Franziska mit Habibe wieder an der frischen Luft und kam sich vor wie blank poliert. Habibe führte sie zu dem Lokal ‚Altin Köprü'.
„Gold-Brücke, das erinnert mich an meinen Zahnarzttermin nächste Woche", fand Franziska, nachdem sie in ihrem Sprachführer nachgeschlagen hatte. Das Lokal wurde von Achmet, Mehmets Bruder, geführt, und Mehmet und Felix warteten schon bei Aslan süt, mit Wasser verdünntem Raki, auf ihre Frauen. Franziska schilderte begeistert den Verlauf des Nachmittags im Hamam, während sie von allen Köstlichkeiten probierte, die aufgetischt wurden. Da gab es Hackfleischröllchen in Weinblättern, die so scharf gewürzt waren, dass Felix und Franziska Schweißtropfen auf der Stirn standen. Dann ein überaus zartes Gulasch in sahniger Soße, dem besonders Felix kräftig zusprach. Schließlich mussten sie vom Nationalgericht der Türken kosten, Lamm-Gyros mit Cacik, zu all dem gab es Salat, gebackene Auberginen, Schafskäse und knuspriges Weißbrot. Bei der Verabschiedung, die sich durch mehrere Runden Raki in die Länge zog, sagte Mehmet zu Franziska: „Deine Mann wird sein diese Nacht wie junge Gott. Hat in Bauch viel kräftige Bullen."

Felix wurde abwechselnd rot und blass, als er hörte, dass das delikate Sahnegulasch aus Bullenhoden bestanden hatte.

„Gut, dass wir nur vier Nächte in der Türkei bleiben", flüsterte Franziska ihrem Felix ins Ohr, „mehr könnte ich nicht verkraften!"

Franziska reckte und streckte sich, als sie am nächsten Morgen in ihrem De-Luxe-Bett erwachte.

„Heute ist unser letzter Tag hier", rief sie, setzte sich auf und war schlagartig hellwach. Felix zog sich die Decke über die Ohren und schnarchte weiter.

„Felix, aufwachen!" Sie kitzelte ihn und amüsierte sich über seine Proteste.

„Heute ist unser letzter Tag", wiederholte Franziska, „und wir haben noch nicht unsere Einkäufe erledigt."

„Ach ja", Felix rieb sich die Augen und bemühte sich um Ironie am frühen Morgen, „ohne Einkäufe käme dieser Kurzurlaub viel zu teuer. Du hast recht, wir müssen den Reisepreis noch einsparen. Also los!"

Nach einem ausgiebigen Frühstück machten sich Felix und Franziska auf den Weg zum Basar, der sich als regelrechte Stadt in der Stadt entpuppte. Gewölbe von riesigen Ausmaßen, ein Gewirr von überdachten Gängen mit mehr als fünftausend Läden. Wie im Orient üblich waren die Geschäfte nach Straßenzügen geordnet: Lederwaren, Stoffe, Kleider, Schuhe, Schmuck, Teppiche, Kunsthandwerk, Lebensmittel,

Gewürze... Und überall Menschen über Menschen, Gewühl, Gedränge und unbeschreibliche Gerüche und Geräusche. Kaum dass sie den Basar erreicht hatten, wurden Felix und Franziska angesprochen und in Läden gelockt, die höhlenartig, schummrig und staubig waren.

„Schöne Mantel für schöne Frau", tönte es Franziska entgegen, und neugierig betrat sie, gefolgt von Felix, einen Laden mit Lederbekleidung. Zwischen den vielen aufwändig und meist auch auffällig gearbeiteten Stücken konnte sie sich nicht entscheiden, im nächsten und übernächsten Laden ging es ihr nicht anders. Sie meinte schließlich, dass ein Ledermantel nicht das Richtige für den nasskalten norddeutschen Winter wäre und machte sich auf die Suche nach einem warmen Pullover.

„Echt Kamelhaar" versicherte ihr die Verkäuferin, als Franziska vor einem winzigen Spiegel stand und einen hell- und dunkelbraun gemusterten Pullover anprobierte.

„Da hat sie recht", stimmte Felix zu, „echt Kamelhaar, ich sehe die beiden Höcker!"

Lachend gingen sie weiter, bogen um eine Ecke und hatten die Straße der Antiquitäten erreicht.

„Ich fühle mich wie im Märchen von ‚Tausend und eine Nacht'". Franziska stand zwischen farbenprächtigen Teppichen und reich verzierten Messinggefäßen, zwischen Wasserpfeifen und Alabasterschnitzereien.

„Aber die Preise sind viel zu hoch. Wenn wir etwas

kaufen wollen, müssen wir handeln. Cas para? Wie teuer?" Sie zeigte auf einen besonders schön gewebten alten Wandteppich mit Tiermotiven. Der Ladenbesitzer nannte eine astronomisch hohe Summe in türkischer Lira, die Felix nach kurzem Kopfrechnen als 250 Euro interpretierte.

„Viel zu viel! Komm, Felix". Franziska verließ den Laden und zog Felix hinter sich her, worauf der Türke ihnen ein schon weit geringere Summe zurief.

„Wenn wir später wiederkommen, wird er noch günstiger", war sie sich sicher.

Felix und Franziska ließen sich weiter treiben im Strom der vielen Menschen, hörten wie es „Eski var, eski var" von der einen Seite schallte und „Antik, antik" von der anderen.

„Felix, schau mal!" Auf dem Boden hatte Franziska eine Ente aus Bronze entdeckt, die als Türstopper fungierte. Fast wäre sie vorbeigelaufen, nun machte sie kehrt, nahm die Ente und betrat den kleinen Laden. Die Tür klappte hinter ihr zu.

„Cas para, wie viele Lira?" fragte sie. Enten waren ihre Lieblingstiere, diese hier sah wirklich antik aus, die wollte sie haben! Der Ladenbesitzer nannte eine Summe, Franziska drehte sich zu Felix um – aber da war kein Felix.

„Felix, wo bist du?" Franziska riss die Tür auf und wollte hinaus laufen. Von einem starken Arm wurde sie aufgehalten. „Erst bezahlen!" forderte der Türke, ein kräftiger Mann in den Dreißigern. Ach ja, sie hatte die Ente noch in der Hand. Die Ente landete auf einem von kleinen Tierfiguren überquellenden Tresen, Franziska griff in ihre Handtasche, aber Geld und Wertsachen waren sicher verstaut in Felix' Jacke. Sie hatte nur Kamm, Lippenstift und ein Taschentuch dabei. Sie erklärte, ihren Mann suchen zu müssen, sie käme gleich zurück. Felix konnte schließlich nicht weit gegangen sein, vermisste er sie doch genauso. Wieder im Gedränge der Menschen stellte Franziska fest, dass der Laden, bei dem sie die Ente entdeckt hatte, nah an einem Schnittpunkt mehrerer Gassen lag, die in alle Himmelsrichtungen abgingen. Wo sollte sie Felix in diesem Labyrinth suchen? Sie reckte sich auf die Zehenspitzen, um einen besseren Überblick zu haben. Sie rief laut, aber der Geräuschpegel der vielen Menschen in den Gewölben war zu hoch, als dass Franziskas Stimme dagegen angekommen wäre. Sie wartete fünf Minuten, zehn Minuten, sie ging ein Stück in jede Richtung. Kein Felix! Wo konnte er nur sein? Franziska war verzweifelt. Da stand sie verloren mitten im riesigen Basar einer riesigen Stadt und hatte kein Geld dabei. Zurück zum Hotel könnte sie zu Fuß laufen, überlegte sie, dorthin würde auch Felix kommen. Aber sie wollte auf jeden Fall die antike Ente haben! Schließlich suchte sie den kleinen Laden wieder auf und schilderte dem Besitzer ihr Unglück. Er möge die Ente für sie zurücklegen, am Nachmittag würde sie samt Felix und Geld wieder kommen. Jetzt müsse sie schnellstens in ihr Hotel. Der Türke war nun, da er sicher sein konnte, dass sie nichts stehlen wollte, sehr freundlich und verständnisvoll und bot ihr an, sie mit seinem Auto zum ‚Büyük Palace' zu bringen. Er hängte ein Schild an die Tür, das, so erklärte er Franziska, ‚Mittagspause' verkündete, und schloss ab. Franziska folgte ihm um ein paar Ecken, durch eine kleine Pfote verließen sie den Basar und standen auf einem Parkplatz. Mit einem schon recht betagten Auto wurde Franziska durch Straßen und Gassen kutschiert, die, wie sie bald fürchtete, ganz sicher nicht zum ‚Büyük Palace' führten. Die Fahrt wurde ihr unheimlich. Sie setzte zum Protest an, aber da hielt der Wagen vor einem blau getünchten Haus und ihr Fahrer machte ihr klar, dass sie nun seine Familie kennen lernen sollte. Die Neugier in Franziska siegte, und was blieb ihr auch anderes übrig als mit zu gehen? Wenig später saß sie in einem türkischen Wohnzimmer, schlürfte starken, süßen Tee und naschte von zuckrigen Keksen, die ihr von einer jungen Frau angeboten wurden, deren Kinder, zwei entzückende keine Mädchen mit schwarzen Kulleraugen, Franziska stumm und staunend betrachteten.

Schließlich wurden drei antike Enten aus Bronze vor ihr auf den Tisch gestellt, von der Art, wie sie sie im Basar entdeckt hatte, aber größer und in besserem Zustand. Sie solle sich eine aussuchen, oder auch zwei oder alle drei nehmen, und dann im Hotel bezahlen. Fasziniert von der Gastfreundschaft entschied

Franziska, dass eine Ente allein sich einsam fühlen würde und ein Pärchen daher die ideale Lösung sei. Die Enten wurden verpackt, mit dem Paket in den Armen stieg Franziska wieder in das klapprige Auto und diesmal wurde sie tatsächlich nach gar nicht langer Fahrt vor ihrem Hotel abgesetzt. Erst jetzt fiel ihr ein, dass sie ganz vergessen hatte, nach dem Preis der Enten zu fragen. Als sie nun hörte, was das Entenpärchen kosten sollte, verschlug es ihr den Atem. Umgerechnet 200 Euro! Aber da sah sie Felix in der Hotelhalle nervös hin und her gehen. Sie stürmte auf ihn zu, umarmte ihn, und er war überglücklich, dass ihr nichts Schlimmes passiert war. Nachdem sie ihm atemlos von ihrem Abenteuer mit den Bronze-Enten erzählt hatte, sah er den jungen Türken als ihren Retter an und gab ihm gerne das Geld, dazu noch eine Handvoll Münzen extra für die niedlichen kleinen Töchter.

Am nächsten Abend, zu Hause in Kiel, wurden die beiden antiken Enten rechts und links von der Terrassentüre aufgestellt. Sie passten da wunderschön hin, und dass Franziska unter dem jeweils linken Entenfuß eine winzig kleine Schrift entdeckt hatte „Made in China" würde sie ihrem Felix niemals verraten!